그들의 문학과 생애

한국문학평론가협회 | 한길사 공동기획

그들의 문학과 생애

김기림

이숭원 지음

한길사

그들의 문학과 생애

김기림

지은이 · 이숭원
펴낸이 · 김언호
펴낸곳 · (주)도서출판 한길사

등록 · 1976년 12월 24일 제74호
주소 · 413-756 경기도 파주시 교하읍 문발리 520-11
www.hangilsa.co.kr
E-mail: hangilsa@hangilsa.co.kr

전화 · 031-955-2000~3   팩스 · 031-955-2005

상무이사 · 박관순 ㅣ 영업이사 · 곽명호
편집 · 박희진 박계영 안민재 이경애 ㅣ 전산 · 한향림 ㅣ 저작권 · 문준심
마케팅 및 제작 · 이경호 ㅣ 관리 · 이중환 문주상 장비연 김선희

출력 · 지에스테크 ㅣ 인쇄 · 현문인쇄 ㅣ 제본 · 성문제책

제1판 제1쇄 2008년 1월 31일

값 15,000원
ISBN 978-89-356-5974-6 04810
ISBN 978-89-356-5989-0 (전14권)

나의 소년시절은 은빛 바다가 엿보이는 그 긴 언덕길을 어머니의 상여와 함께 꼬부라져 돌아갔다. 할아버지도 언제 난지를 모른다는 마을 밖 그 늙은 버드나무 밑에서 나는 지금도 돌아오지 않는 어머니, 돌아오지 않는 계집애, 돌아오지 않는 이야기가 돌아올 것만 같아 멍하니 기다려본다. 그러면 어느새 어둠이 기어와서 내 뺨의 얼룩을 씻어준다.

김기림, 「길」

머리말

정지용의 생애와 백석의 생애를 정리한 데 이어 김기림의 문학적 생애와 작품활동을 정리한 책을 내게 되었다. 이렇게 김기림 평전을 쓰게 된 것은 한국문학평론가협회가 기획한 '납월북문인평전'의 하나로 이 일이 나에게 맡겨졌기 때문이다. 내가 먼저 마음을 일으켜 시작한 일이 아니기에 이 작업은 오랫동안 답보를 면치 못했다.

일제강점기에 활동한 문인들 대부분이 전기적 자료가 희소한 실정인데, 함경북도 학성군(지금의 김책시)이 고향인데다가 6·25전쟁 때 실종되어 그 후의 소식을 모르는 김기림의 경우에는 생애를 재구성할 만한 참고 자료를 더욱 얻기 어려웠다. 그나마 참고할 만한 책으로는 김기림의 장남 김세환 님을 면담하여 전기적 자료의 일부를 확인하고 집필한 김유중 교수의 『김기림』(문학세계사, 1996)과 김기림의 누님

김선덕 여사가 보내온 전기적 자료를 근거로 생애를 보완 서술한 김학동 교수의 『김기림평전』(새문사, 2001) 정도가 있었다. 어쩔 수 없이 나는 김기림의 신문 기사라든가 산문·평문 등을 읽고 거기서 삶의 내력을 암시하는 부분을 추출하여 생애를 재구성하는 방법을 택할 수밖에 없었다. 그리고 일반 독자들을 염두에 두고 김기림의 삶의 행적보다는 문학세계를 이해하는 데 도움이 되는 쪽으로 집필의 방향을 정하였다.

생각보다 오랜 진통 끝에 출간되는 책이지만 그렇게 새로운 내용이 없어 마음이 아쉽다. 한 가지 위안이 된다면 김기림의 문필활동 전체를 대상으로 하여 개인의 삶과 문학적 성장의 상호관계를 조명하려고 노력한 점이다. 1930년의 문화환경 속에서 김기림이라는 지식인이 자신의 문학세계를 확장해간 과정을 세밀하게 살펴보려고 했다. 그래서 김기림·정지용·이상으로 이어지는 경성 신문화 세대의 문화적 대응력을 상호조명하는 작업에 힘을 기울였다. 또 문화적 상황의 변화와 김기림 문학관의 변모가 그의 창작에 어떠한 자극을 주고 변화의 동인으로 작용했는가를 검토하였다.

한국문학사에서 김기림만큼 각 장르에 걸쳐 다양하고 적극적이고 활발한 문학활동을 보여준 문인은 거의 없다. 그는 시인으로 출발하였지만 소설과 희곡도 창작하였으며 뛰어난 수필가였으며 비평가였다. 그는 서구 원전에 기반을 두고 시의 이론과 문학의 이론을 연구하였을 뿐만 아니라 그것을 우리 문학현상의 진단에 적용하려고 했으며 시작품을 분석·평가하는 실제비평 분야에 높은 역량을 발휘했다. 그의 시론은 영미 시론의 영향을 받은 것이지만 그 당시 우리가 처한 상황의 특수성을 고려한 그의 개인적인 관점도 분명 포함하고 있었다. 시의 사회성과 예술성이 종합된 전체로서의 시를 구상한 것이라든가 심리학과 사회학을 두 중심축으로 하는 과학적 시학의 기본 골격을 모색한 것이 바로 그것이다. 이러한 구상이 미완으로 끝난 것은 그의 능력의 부족 때문이라기보다는 우리 문화의 수준 때문이라고 말하는 것이 옳을 것이다. 그는 시대 상황의 변화 속에서 문화의 전위에 서서 그 시대의 문제를 안고 고민하면서 문학의 활로를 열어보려고 애쓴 건전한 문화인이었다.

김기림의 문학적 생애와 새롭게 조우할 수 있도록 집필의 기회를 준 한국문학평론가협회에 감사하며, 거친 원고를 정성껏 편집해준 한길사 편집부에도 감사를 드린다.

2007년 11월
이숭원

김기림

출생과 사별의 불행

  김기림은 1908년 5월 11일(음력 4월 12일) 함경북도 학
성군 학중면 임명동(臨溟洞) 276번지에서 선산 김씨 병연
(秉淵)과 밀양 박씨인 어머니 사이의 6녀 1남 중 막내로 태
어났다.[1] 함경북도 국경선 가까운 곳에 겨울에도 얼지 않는
유명한 항구도시 청진이 있고, 그 남쪽에 온천으로 유명한
주을 온천과 시인 이용악(1914~71)의 고향인 경성(鏡城)
이 있다. 거기서 다시 남쪽으로 내려오면 길주군이 있고, 그
아래에 성진항이 있는 학성군이 있다. 임명동은 성진항 북동
쪽에 있는 마을로 해안에서 그리 멀지 않기 때문에 비교적
평탄한 지형을 이루고 있으며 겨울에 눈이 많이 오지만 해풍
의 영향으로 온화한 날씨를 유지하는 곳이다.

  원래 이 지역은 성진항이 중심이기 때문에 성진군이었는
데, 일제강점기 때 학성군으로 개편되었고 성진읍은 성진부

로 되었다가 1946년에 성진시가 되었다. 그 후 6·25전쟁 중에 김일성의 동북항일연대 동지였던 전선 사령관 김책이 사망하자 1951년에 그의 출생지인 학성군을 김책군으로, 성진시를 김책시로 개명하였다. 1961년에는 김책시가 김책군을 흡수하여 현재에 이른다. 따라서 지금 북한의 편제에는 학성군도 성진시도 나오지 않고 김책시라는 이름만 나온다.

김기림은 딸만 여섯 있는 집안의 막내아들로 태어났다. 그러니까 매우 귀하게 얻은 외아들이다. 이렇게 귀한 외아들을 얻었을 때에는 그에 따른 유별난 사연이 전해지는 경우가 많다. 김기림의 경우에도 출생과 관련된 전설 같은 이야기가 전해진다. 김기림의 부친 김병연에게만 아들이 없는 것이 아니라 그의 형제 사이에도 아들이 하나도 없어서 이것이 가문의 큰 걱정거리였다. 그래서 여섯째 딸 선덕(善德)을 낳았을 때 점쟁이에게 물었더니, 점쟁이의 말이 그 딸을 집에서 키우지 말고 남의 집에서 키우게 하고 절대 집에 들여놓지 않아야 아들을 낳을 수 있다고 했다는 것이다. 그래서 김기림의 부친은 갓난 젖먹이인 선덕을 유모까지 딸려서 마을 근처에 사는 진천 김씨 집안에 양녀로 보냈다. 진천 김씨 내외는 청일전쟁 때 황해도 봉산에서 피난 와서 학성군에 정착한 기독교인이었는데 선덕을 양녀로 받아들인 후 임명동에서 삼십 리(약 12킬로미터) 떨어진 성진으로 이사하여 선덕을 친딸처럼 키웠다고 한다.

점쟁이의 말대로 한 것이 효험이 있었는지 김기림의 모친은 바로 임신을 하게 되었다. 모친은 마지막 기회라고 생각하고 아들을 낳게 해달라는 기도를 천지신명에게 지극정성으로 올렸다고 한다. 이렇게 해서 선덕을 낳은 이듬해 연년생으로 아들을 보았으니 그 기쁨은 말로 표현할 수 없었을 것이다. 점쟁이의 말에 따라 남의 집에 양녀로 간 막내딸은 그 후 절대 집에 들여놓지 않았다. 그러나 친딸을 남에게 맡긴 것이 못내 마음에 걸렸던지 김기림의 부친은 딸의 양부모인 진천 김씨 부부에게 물질적 지원을 아끼지 않았으며 공부를 계속하고자 하는 딸을 위해서도 당시로서는 드물게 일본 유학까지 시킬 정도로 세심하게 배려를 했다. 김기림의 누이 선덕도 비록 양녀로 남의 집에서 자랐지만 연년생인 기림을 아끼고 귀여워했으며 일본 유학 시절에도 같이 자취를 하며 생활할 정도로 친남매간이나 다름없이 정을 나누며 성장하였다. 그뿐 아니라 누이 선덕이 결혼한 다음에도 김기림은 누이에게 여러 가지 일을 상의하였고 개인적인 도움을 받기도 했다.

김기림의 처음 이름은 인손(寅孫)이었다고 한다. 그의 부친 김병연은 함경북도 지역의 유능한 재력가들이 대개 그러했듯이 국경을 넘어 만주와 시베리아 등지를 오가며 사업을 벌였고, 특히 토목사업으로 많은 재산을 모았다. 임명동에 정착한 후에는 백형(伯兄) 김병문(金秉文)과 함께 대규모 전답과 과수원을 매입하여 상당한 자산가의 면모를 갖추었다. 과수원 이름은 형 김병문의 호를 따서 '무곡원'(武谷園)이라고 했다. 김기림의 백부 김병문은 그 고을에서는 한학에 가장 조예가 깊은 분으로, 슬하에 자식이 없었던 까닭에 조카인 김기림을 친자식처럼 사랑했다고 한다. 일찍부터 만주와 시베리아에서 사업을 하느라 제대로 글을 배울 기회를 얻지 못했던 김병연은 평소 한학에 조예가 깊은 형 병문을 무척 공경하며 따랐다. 그래서 자신이 운영하는 과수원의 이름도 형님의 호인 무곡에서 따와 무곡원으로 이름 붙였던 것이다.

김기림의 호인 편석촌(片石村)에 대해서는 두 가지 견해가 있다. 1991년에 세상을 떠난 부인 김원자(金園子) 여사[2]의 회고에 따르면, 과수원 돌담 옆에 자그마한 개울이 흐르고 물이 마르면 주변에 크고 작은 흰 돌들이 모습을 드러내곤 했는데 그런 고향의 특징적인 모습을 연상해서 편석촌이라고 지었을 것이라고 했다. 그러나 미국에 거주하는 김기림의 누이 김선덕 여사가 김학동 교수에게 보낸 편지에는 '편석촌'이라는 호는 한학자였던 백부가 중국 고전에 나오는 글귀에서 따와 지어준 것으로 되어 있다.[3] 김기림 글에 자신의 호를 "孤雲片石村, 桃花流水世"라는 구절에서 땄다고[4] 적고 있는 것으로 볼 때 이 견해가 맞는 것 같다. 백부 김병문은 어린 기림에게 직접 호를 지어줄 정도로 각별한 애정을 베풀었던 것이다.

무곡원은 동해 바다로부터 십 리가 채 못 되는 지점에 위치해 있었으며 사과나무와 배나무 등 과수목이 즐비하여 거대한 장원을 이루었다고 한다. 온갖 과일이 주렁주렁 매달리는 가을이면 그 경치는 마치 한 폭의 그림같이 평화롭고 아름다웠다는 것이다. 김기림은 어른이 되어 이 과수원에 대해 "열 칸이 넘는 지하실 울 속에는 가지각색의 과일들이 구석구석마다 산더미같이 쌓인다"[5]고 추억한 바 있다. 젊은 날의 추억담에는 과장이 끼어들게 마련이지만 그의 부친이 상당히 넓은 과수원을 경영하였던 것은 틀림없는 사실로 보인다. 그는 이 과수원에서 꿈을 키우며 아무 걱정 없이 유복한 유년시절을 보냈다. 그러한 과수원의 추억은 다음의 시에도 투영되어 있다.

능금나무의 잎사귀들은
연(鉛)빛의 호수인 공기의 경사면에 멈춰 섰다.

희디 흰 논리(論理)의 모래방천에 걸앉어
머리 수그린 '쏘크라테스'인 버드나무.

비는 오후 네시의 시골 한울을 적시며
잎사귀들의 푸른 사면(斜面)을 미끄러진다.

불평가인 바람은 (오늘도) 알지 못할 말을 중얼거리며
매아미들이 푸른 잔등을 어르만지면서 숲속을 쏴댕긴다.

나무밑에서 작은 머리를 갸웃거리며
흐린 한울에 슬픈 노래를 쓰는 참새―
'레인코-트'도 없는 나의 즉흥시인이어.
•「林檎밭」[6] 일부

　언덕에 늘어선 능금나무의 잎사귀들이 회부연 안개 속에 조용히 흔들리고, 흰 모래방천에는 마치 사색에 잠긴 소크라테스처럼 고개를 수그린 버드나무가 늘어서 있는 장면을 친근한 눈길로 묘사하며, 비와 바람이 스치고 가는 것이라든가 매미가 날아다니고 참새가 지저귀는 것까지 동심어린 눈으로 바라보는 천진한 시심을 엿볼 수 있다. 아름답고 그윽한 과수원의 정경은 그의 마음에 언제나 평화와 안식을 심어주었을 것이다.
　그렇게 행복한 어린 시절에 갑자기 불행이 닥쳐왔다. 김기림이 일곱 살이 되어 고향에 있는 임명보통학교(4년제)에 입학하던 1914년 가을 어머니가 장티푸스에 감염되어 병사하게 된 것이다. 장티푸스는 전염병이기 때문에 김기림의 셋째 누이 신덕도 이 병에 감염되어 16세의 꽃다운 나이로 세상을 떠났다. 이때 누이 신덕은 성진에서 여학교를 다니고 있었다. 김기림은 비록 일곱 살의 어린 나이였지만 아침 눈뜰 때부터 저녁에 자리에 들 때까지 누구보다도 가깝게 지내던 두 사람이 지상에서 갑자기 사라진 것에 대해 말로 표현할 수 없는 상실감과 공허감, 또 한편으로는 생에 대한 막연한 공포감을 갖게 되었던 것 같다. 이것은 그에게 평생 지워지지 않는 정신적 외상으로 자리잡게 된 것이다. 여기에 대해 김기림이 다음과 같은 여러 가지의 기록을 남긴 것이 그 증거다.

4년 전 이 항구에 와서 공부하던 누이를 생각하면서 그 항구에는 서양 사람들의 붉은 벽돌집 병원과 여학교가 있었오. 여름 방학이 되면 누이는 기숙사에서 풀려서 영(嶺)을 넘어서 30리나 되는 집으로 오래간만에 돌아왔오. 지붕 위에서 까치가 울면 어머니는 누이가 오는가보다 하고 나를 등에 올려놓고는 대문밖으로 달려나갔오. 그러면 검은 두루마기 입은 누이가 책보를 끼고 '어머니'하고 달려들어왔오.

누이가 불러주는 '노래'와 '찬미'를 나는 무척 즐겨했오. 누이가 오면 어머니는 계란을 구워주었오. 그럴 때면 반드시 내게도 한 개를 주었오.

그러던 어머니는 이듬해에는 누이가 서울 간다고 좋아라고 뛰놀고 내가 보통학교에 처음 들어간 그해 가을에 세상을 떠났오. 사람들은 어머니가 미쳐서 먼 데로 달아났다고 나로 하여금 그를 잊어버리라고 말하였오.

아버지는 집 일을 보아줄 사람이 없다고 해서 계모를 얻으신다고 하였더니 누이는 보름 동안이나 어머니의 무덤에 가서 울다가 그만 병이 들었오.

마을 사람들은 어머니의 무덤 가까이 작고 아담한 누이 무덤을 만들었오. 나는 누이는 아마도 그가 늘 노래하던 천당으로 간 것이라고 생각하였오. 그래서 누이가 공부하던 그 항구의 바닷가에서 望洋亭 위에 높이 흐르는 젖빛 하늘을 쳐다보면서 행여나 흰 구름을 헤치고 누이의 얼굴이 떠올라 오지는 않는가 하고 기다렸오. 어머니와 누이는 어린 시절의 나의 기쁨의 전부를 그 관 속에 넣어가지고 가버렸오. 지나가버린 것은 모조리 아름답고 그립소. 가버린 까닭에 이다지도 아름답게 보이고 그리운가. 아름답고 그리운 까닭에 가버렸누.[7]

사실 나는 열다섯 살 때에 중학교의 작문 선생으로부터 "얘가 이쁜으로 글을 쓰다가는 필경 자살하겠다" 하는 경고를 받은 일이 있다. 나의 본래의 정체는 역시 감상주의자였다. 내가 오늘 감상주의를 극도로 배격하는 것은 나의 영혼의 죽자고나 하는 고투의 표현이기도 하다. 물론 굳은 시대의식으로부터도 나오는 일이지만 그렇거나 말았거나 나의 어린 날은 지금은 겨우 오래인 사진 속에나 남아 있다. 그 하나는 아버지와 그리고 공부하던 누이와 함께 박은 것이고, 또 하나는 어머니와 여러 누님들과 함께 박은 것이다. 그때의 공부하던 누이와, 그리고 어머니, 내가 여덟 살이 채 차기도 전에 나의 어린 날을 회색으로 물들여 놓고는 그만 상여를 타고 가 버렸다. 잔인한 분들이었다.[8]

　　나의 少年시절은 은빛 바다가 엿보이는 그 긴 언덕길을 어머니의 상여와 함께 꼬부라져 돌아갔다. (……) 할아버지도 언제 난 지를 모른다는 마을 밖 그 늙은 버드나무 밑에서 나는 지금도 돌아오지 않는 어머니, 돌아오지 않는 계집애, 돌아오지 않는 이야기가 돌아올 것만 같아 멍하니 기다려 본다. 그러면 어느새 어둠이 기어와서 내 뺨의 얼룩을 씻어준다.[9]

이처럼 김기림은 어려서 잃은 자신의 어머니와 누이를 거의 같은 비중으로 생각하면서 그들에 대한 애틋한 회고와 그로 인한 자신의 염세적 성향에 대해 솔직하게 토로하고 있다. 물론 여기에는 어린 시절의 사건을 회고한 것이기 때문에 기억의 착오에 의한 부정확한 내용도 들어가 있을 수 있다. 어머니와 누이가 전염병에 거의 비슷한 시기에 함께 감염이 되어 세상을 떠난 것인데, 김기림은 누이가 부친이 재혼한다는 이야기를 듣고 모친의 무덤에서 울다가 병이 난 것으로 기록하고 있다. 그들의 죽음이 천진한 소년에게 평생 지워지지 않는 깊은 상처를 남겼고 그 상처가 그들의 죽음을 더욱 비극적인 것으로 변형시켰던 것이다. 그는 그들을 "잔인한 분들"이라고까지 표현하고 있는데, 그 말은 어린 기림이 체험했던 비극의 강도를 그대로 담아내고 있다.

그러나 이 모든 것이 사람으로서는 어찌할 수 없는 운명에 속하는 일이다. 어쩌면 그러한 사별의 체험과 감정의 상처 속에 시인 김기림이 탄생할 운명이 잠복해 있었는지도 모르는 일이다. 김기림은 자신의 어린 시절을 회고하는 글에서 "물질적으로는 꽤 축복받은 환경 속에서 자라면서도 정신적으로는 한없이 쓸쓸하고 고독"[10]하였다고 했다.

어머니가 세상을 떠나 남은 가족을 돌보고 살림을 맡아줄 사람이 필요했기에 아버지는 단천에 사는 가난한 과수댁인

전주 이씨 성연(成淵)을 계모로 맞이했다. 그러나 이 계모는 딸린 아들이 둘이나 있었고 살림의 규모도 잘 파악하지 못하는 시골 사람이었기 때문에 마음의 상처를 안은 어린 기림을 돌보기에는 그리 적합한 인물이 아니었다. 실제로 기림을 기르고 집안 살림을 도맡아 끌어간 사람은 기림의 고모, 즉 아버지 김병연의 누이로, 이분은 25세에 청상과부가 되어 친정으로 돌아와 집안 살림을 맡았고 정성을 다해 기림을 돌보았다. 김기림이 어머니를 일찍 여읜 외아들지만 외로움을 이겨가며 순조롭게 성장할 수 있었던 것은 어머니와 다름없는 고모와 선덕 누이 덕분이라고 말할 수 있다.

수학과 성장의 과정

1918년 4년제인 임명보통학교를 마친 후, 백부의 권유에 따라 전라도나 경상도 지역에서 훈장을 초빙해 2, 3년간 한문과 서예를 공부하였다. 백부 자신도 한학에 조예가 있어 기림을 충분히 가르칠 수 있었지만, 자기 자식은 자기가 못 가르친다는 백부의 뜻에 의한 것이었다. 굳이 먼 지역에서 훈장을 초빙한 것도 이왕이면 다른 지역의 이름난 사람에게 교육을 받게 하려는 뜻이었다. 슬하에 자식이 없었던 백부는 조카인 기림을 친자식같이 사랑했으며 교육 문제에 대해서도 이처럼 최선을 다했음을 알 수 있다. 한문과 서예를 배우던 어린 시절에 대해 김기림은 다음과 같이 회고하였다.

시골서 立春날을 맞은 나는 오래인 습관을 回想하고 아이를 시켜서 장에 가서 백노지 석장을 사오게 한 후, 잔뜩

사기 사발에 절반이나 올라오게 먹을 풀게 하였습니다. 그리고는 나는 거미줄이 어둠을 얽고 있는 벽장 한구석에서 이전에 내가 伯父님 아래서 글씨 공부하던 때 쓰던 굵은 額子筆과 無心筆을 꺼내서 물에 담갔습니다. 기둥에 맞게 입춘방을 써붙이고 나서 나는 잠깐 마을에 나섰습니다.[11]

다른 지역의 훈장에게 한문을 배웠지만 모두가 백부의 배려에 의한 것이기에 김기림은 "백부님 아래서 글씨 공부하던 때"라고 회고하고 있다. 어릴 때부터 그래왔듯이 입춘절에는 먹을 풀어 붓글씨로 입춘방을 써 붙였던 것이다. 외국 문학에 호기심을 가지면서도 그의 생활 태도가 이렇게 동양적인 선비의 풍모를 지닌 것은 바로 어릴 때 훈도 받았던 한문과 서예의 영향일 것이다.

집에서는 한학을 배우면서 한편으로는 성진에 있는 성진 보통학교 부설 농업전수학교에 1년간 다니기도 하였다. "열두 살 때 봄에 나는 낯선 항구의 農學校의 생도였다"[12]라고 기림이 적은 것으로 보아 이 학교를 다닌 것은 1919년의 일이었을 것이다. 마침 성진에는 갓난아기 때 양녀로 와 사는 선덕 누이의 집이 있었다. 성진은 이미 19세기 말에 개항하여 일본 문물이 일찍부터 들어온 항구도시였다. 선덕 누이는 성진의 보신(普信)여학교 고등과에 다니고 있었다. 김기림은 한 살 차이인 누이를 찾아가 여러 가지 이야기를 나누며 시간을 보내다 늦게 집으로 돌아오곤 했다. 일찍 어머니와 누이를 잃은 기림은 한 살 차이인 선덕 누이에게서 따뜻한 혈육애를 느끼며 자신의 외로움을 달랠 수 있었던 것이다.

이 무렵 김기림은 조기 결혼의 풍속에 따라 어린 나이로 나주 김씨(羅州金氏) 집안의 열아홉 살 된 딸과 결혼하였다고 전해진다. 임명동에서 시오리쯤 떨어진 어촌에서 자란 규수인데 서로의 뜻이 맞지 않아서인지 기림이 공부하기 위해 서울로 가자 부인은 스스로 그의 친정으로 돌아가서 개가했다고 한다.

공부를 하려면 넓은 곳에 가서 제대로 해야 한다는 백부의 권유에 따라 김기림은 서울〔京城〕로 올라가 공부하기로 결심하였다. 당시 전국 최고의 명문 학교는 지금 경기고등학교의 전신인 경성고등보통학교였다. 이 학교는 개화기 때 정부에서 세운 관립학교를 총독부가 공립화한 것으로 1910년 이후 일본인이 교장을 맡았다. 공부를 잘 하고 머리가 영특했던 김기림은 이 학교로의 진학을 원했으나 백부는 거기 반대하였다. 여기에는 백부의 개인적인 원한이 개입되어 있었다.

사업가로 성공한 김기림의 부친은 일찍이 고향 마을에 학교를 세우고 식견이 넓은 그의 형 김병문을 이 학교의 교장으로 추대하였다. 그러나 한일합방 이후 그 학교가 일제에 의해 강제로 수용되었고 백부도 교장직에서 타의에 의해 물러나게 되는 일을 겪었다. 말하자면 자신이 사재로 건립한 학교를 일제에 빼앗겨 버리고 만 것이다. 백부는 이 일이 너무도 억울하여 혼자서 비분강개하며 오랜 기간 식음을 전폐하다시피 하였다고 한다. 이 일을 계기로 일본인들에 대한 백부의 반감은 뿌리 깊게 가슴에 박혔으며 김기림이 학교를 결정할 때에도 일본인이 교장으로 있는 학교는 피하도록 권유했던 것이다. 김기림이 일제 말에 직장을 잃은 다음 친일의 길로 나아가지 않고 고향에 돌아와 칩거한 것도 이러한 백부의 영향이 작용했을 것으로 보인다.

이런 사정에 의해 김기림은 1921년 열네 살의 나이로 고향을 떠나 순수 민족 사학인 서울의 보성고등보통학교로 진학하게 된다. 원래 민족주의자인 이용익(李容翊, 1854~1907) 선생이 1906년에 창립한 보성학교는 1910년 천도교에서 인수하여 5년제 학교로 운영하고 있었으며 현 조계사 자리인 수송동 44번지에 있었다. 현재 서울과학고등학교가 있는 혜화동으로 이사한 것은 1927년의 일이다. 당시 보성고보에는 동기생인 김환태를 비롯하여 김해경(이상)·이헌구·윤기정·임인식(임화) 등 훗날 그와 문단활동을 같이 하게 된 문우들이 선후배로 학교와 인연을 맺고 있었다.

김기림은 이 학교에 입학하여 우수한 성적으로 교사들의

사랑을 받으며 학업에 임했다. 3학년 때인 1923년 부여 수학여행 중에 엉덩이에 고열을 동반한 종기가 발병하여, 휴학을 하고 수술을 받는 바람에 일 년을 쉬게 되었다. 병이 완치된 후 복학을 하려 하였으나 일 년 아래의 하급생과 같이 공부하게 된 것이 탐탁지 않게 생각되어 아예 도쿄 유학의 길을 선택하게 된다. 부친이 농장을 경영하고 있었기 때문에 학비 조달에는 어려움이 없었고 어차피 일본 유학을 할 것이라면 일찍 가는 것이 좋겠다는 생각도 했을 것이다.

김기림은 열여덟 살이 되는 1925년 봄 도쿄로 건너가 릿쿄(名敎)중학교 4학년에 편입하여 1년간 수학하게 된다. 이때 성진에서 자주 만났던 선덕 누이가 규슈(九州)의 히로시마(廣島)여학원에서 도쿄의 세이카(精華)고등여학교로 전학을 와 2년간 자취를 하며 같이 생활하게 된다. 릿쿄중학 역시 5년제였으나 김기림은 4학년 말에 문부성에서 실시하는 검정시험에 합격하여 5년제 중학교 졸업 자격을 얻어 곧바로 대학에 진학할 수 있었다. 시험 성적은 극히 우수하였다고 한다.

1926년 4월에 김기림은 니혼대학 전문부 문과에 입학하였다. 입학한 그해 가을 김기림을 친자식처럼 사랑하던 백부 김병문이 고향인 임명동의 자택에서 세상을 떠난다. 김기림만이 아니라 온 집안의 정신적 지주 역할을 하던 백부의 죽음은 가족 모두에게 큰 실의를 남겼고 김기림이 받은 충격도 상당히 컸을 것이다. 어릴 때부터 훈장을 초빙하여 그에게 따로 교육을 시키고 보성고등보통학교와 일본 유학을 앞장 서서 주선해준 인물이 바로 백부 김병문이 아니었던가. 김기 림은 북쪽 바다의 출렁이는 물결을 떠올리며 백부의 죽음에 비통한 감정을 가졌을 것이다.

그런가 하면 2년간 자취를 하며 다정하게 지내던 선덕 누이가 도쿄여자의학전문학교에 입학 원서를 접수시키고 입시 준비를 하던 중 '양부 위독(養父危篤)'이란 전보를 받고 곧바로 귀국하게 된다. 그러나 막상 고향에 돌아와 보니 양부가 부두에서 마중을 나와 있었다고 한다. 공부를 그만두고 양부를 모시고 살라는 친부의 뜻이었다. 고향에 돌아온 선덕 누나는 모교인 보신학교의 교원으로 근무하면서 양부모를 모시고 지내다가 이듬해 결혼하여 남편의 부임지인 개성으로 이주하게 된다.

그를 친자식처럼 아끼던 정신적 지주인 백부가 세상을 떠난 것, 허물없는 친구처럼 다정하게 지내던 누이가 고향으로 돌아가 버린 것은 그렇지 않아도 외로움에 자주 빠져들던 김기림에게 매우 큰 공허감을 남겨놓았을 것이다. 그는 누이가 떠나버린 도쿄의 텅 빈 하숙방에서 한동안 허전한 마음을 달래기 위해 꽤나 안간힘을 썼을 것이다. 허전한 마음을 메우려는 듯 그는 더욱 학업에 열중했다.

김기림이 다닌 니혼대학은 주간 과정과 야간 과정이 함께 있었는데, 김기림은 학점을 빨리 이수하기 위해 주야간 강의를 다 들었으며 그렇기 때문에 학교에서 거의 살다시피 했다고 한다. 필요한 학점 이수는 저학년 때 마치고 상급학년에서는 등록만 하고 자기 공부에 열중했다는 것이다. 여기서도 주도면밀한 그의 성품을 짐작할 수 있거니와, 학교생활도 분명한 계획을 세워서 수행해갔음을 알 수 있다. 그래서 3년 만에 학업을 마치고 1929년 3월에 귀국하게 된다.

이러한 이수과정으로 미루어볼 때 김기림이 다닌 니혼대학 전문부는 정식 대학과정이 아니라 지금으로 말하면 전문대학 과정에 해당하는 것 같다. 당시 학제에 의하면 중학과정을 마친 학생은 대학의 예과과정을 2년 이수하고 본과에 입학하게 되어 있었다. 그런데 김기림이 중학 졸업 자격을 획득한 후 곧바로 대학에 진학하여 3년 만에 마쳤다는 것은 그가 이수한 전문부 과정이 정식 대학과정이 아니라는 사실을 암시한다.

이 대학 사회학과 선배인 설의식(薛義植)이 자신이 이 대학을 선택한 동기로 입학과 수학이 용이하고, 통학이 쉽고 편리했던 점을 든 것이라든가, 이 대학의 가장 큰 장점으로 '자유스러움'을 꼽는 점으로 볼 때에도 이 학교의 체제와 분위기를 짐작할 수 있다.[13] 요컨대 이 학교는 학생들의 입학 절차가 까다롭지 않으며, 전공에 구애받지 않고 자신이 듣고 싶은 과목을 자유롭게 수강하고, 소정의 학점만 이수하면 졸업할 수 있는 교양형 개방대학의 성격을 지니고 있었던 것으로 추측된다. 훗날 김기림이 스물아홉의 나이에 정식 대학인 도호쿠(東北)제국대학으로 제2차 유학을 떠나게 된 데에는 이런 맥락도 작용했다고 볼 수 있다.

여하튼 김기림은 이 학교의 자유로운 분위기 속에서 현대 예술 전반을 흡수하면서 영어 학습에 열중하고 과학 분야에도 관심을 가졌던 것 같다. 이러한 학습기의 취향은 기자생활을 하면서 효율적으로 활용되고 또 그 관심과 지식의 폭도 기자활동을 통하여 확대·신장될 수 있었다. 요컨대 풍족한 환경에서 오는 자유로움이 학업시절의 자유로움으로 이어지고 그것이 다시 기자로서의 저널리즘적 발랄성으로 이어지는 데 김기림 성장과정의 일관된 특징이 있다. 그리고 표면적인 넉넉함과 자유로움의 한쪽 구석에는 어머니와 누이와의 사별이라는 어린 시절의 아픈 체험이 외상으로 자리잡고 있는 것이다.

서울 생활과 결혼

　1929년 3월 니혼대학 전문부를 마친 김기림은 귀국하여 1929년 4월에 공채시험을 거쳐 조선일보 사회부 기자로 입사하게 된다. 일본 유학 과정에서 다양한 지식을 폭넓게 습득한 전형적 교양인인 김기림은 당시 조선일보 편집국장 이은상의 눈에 들어 용이하게 신문사 기자직을 맡을 수 있었다. 입사시험의 성적도 매우 우수했다고 한다. 보성고보에서 일본 릿쿄중학으로 전학하여 일 년 만에 검정시험에 합격하여 대학에 진학한 경력도 가지고 있었기에 "무엇이든 시험을 치르고 되는 일이라면 안 될 일이 없겠다"는 자신감을 토로하기도 했다. 처음에는 사회부로 입사했지만 조선일보가 문화예술 분야의 보도를 보강하기로 하면서 나중에 학예부로 옮겨 가게 되었다. 기자로서의 생활이 익숙해진 1930년부터 김기림은 본격적인 작품활동을 전개하게 된다.

이때 김기림은 한 신여성과 정식으로 결혼식을 올리게 된다. 그 여인은 서울 덕성여자고등학교의 전신인 근화(槿花)여학교를 졸업한 같은 마을의 처녀 이월녀(李月女)였다. 두 사람은 서로 상당한 애정을 느꼈던 것 같다. 김기림이 보성고보를 다니다가 질병 때문에 일 년 휴학하고 고향에 머물 때 두 사람의 사랑이 싹텄는지도 모른다. 김기림을 어머니처럼 돌보아주던 고모님이 두 사람의 사랑을 은근히 부추겼는지 모르겠다고 누이 김선덕 여사는 추측하고 있다. 두 사람의 애정은 김기림의 일본 유학시절까지 이어졌다. 그러나 막상 두 사람의 결혼설이 대두되자 뜻밖에도 집안이 맞지 않는다는 이유로 백부가 완강하게 반대를 하고 나섰다. 집안의 상징적 존재인 백부의 뜻을 거스를 수 없었던 두 사람은 애만 태우며 사랑의 마음만 이어가고 있었다. 그러던 중 1926년 가을에 백부가 타계하고 삼년상까지 마치게 되자 1928년에 두 사람은 약혼을 하고 유학지 일본까지 동행하게 되었다. 이때 이월녀도 어느 학교에 학적을 두었으나 몸이 약해서 학업을 잇지 못하고 돌아왔다고 한다. 이월녀는 수려한 용모를 지녔으나 건강이 좋지 않아서 병원치료를 자주 받았다고 한다.

김기림은 학교를 졸업하고 돌아와 조선일보사에 입사한 다음해인 1930년 봄에 이월녀와 정식으로 결혼식을 올렸다.

결혼식은 신식으로 치렀으며 이것은 임명동에서는 최초의 일이었다고 한다. 이때 선덕 누이는 학교에서 풍금을 빌려다 웨딩마치를 연주하였다고 한다. 그러니 이 결혼식은 그 자체로 임명동에서 하나의 사건에 해당하는 호화로운 의식이었다. 결혼식을 마친 후에는 선덕 누이가 사는 개성으로 신혼여행을 가서 선덕 누이의 집에 약 3주간 머물면서 만월대·송악산·선죽교 등 주변 명소를 관광하였다.

이렇게 결혼한 김기림과 이월녀는 서울에 살림을 차렸다. 김기림이 1932년 4월에 발표한 수필「붉은 鬱金香과 '로이드' 眼鏡」[14]에 의하면, "지난해 3월"에 남산 밑에 보금자리를 꾸민 것으로 되어 있는데 그의 결혼생활은 오래 가지 못한 것으로 짐작된다.

지난해 3월달에 L과 내가 작은 보금자리를 南山 밑에 꾸민 이튿날 밤 나는 첫손님으로 李如星兄과 鴻稙兄을 맞았다. 李兄은 나의 2년 동안의 서울 살림 중에서 얻은 최대의 友情이다. 그는 'L과 나'의 행복을 위하여 커다란 붉은 '튜립'의 화분을 주셨다. '튜립' 붉게 향내 나는 밤, 鴻稙兄과 나는 李兄의 달콤한 옛 이야기에 감탄 낙망 매혹하면서 마지막 전차가 끊어지는 줄도 모르고 생활에서 전연 해방된 유쾌한 몇 시간을 가질 수 있었다.[15]

여기 나오는 이여성(李如星)은 1920년대에 사회주의운동을 주도하던 인물로 『조선일보』에 잠시 있다가 『동아일보』에 근무하고 있었다. 이홍직은 사학자 이홍직(李弘稙)과는 다른 인물로 『조선일보』 기자로 같이 근무했다. 김기림은 자신의 신혼 살림방으로 언론계의 선배와 친구를 초대한 것이다. 이 수필의 다음 대목에서 김기림은 "李兄이 주신 '튜립'은 노랑빛도 아니었지만, L과 나의 사이는 필경 '호프레스 러브'(희망 없는 사랑)로 그치고 李兄과 서울을 떠나서 홀로 검은 물결이 날뛰는 北쪽 나라로 내가 떨어진 후에도 벌써 해가 바뀌었다"라고 쓰고 있다. 그러니까 이 글을 쓸 당시 김기림은 고향인 임명동에 와 있음을 알 수 있다. 전하는 말에 의하면 김기림의 부친이 서울로 찾아와 집안을 돌볼 사람이 없다며 그들 내외를 고향으로 데려갔다고 한다. 이월녀는 화사한 성격의 소유자로 도시풍의 여인이었다고 한다. 그리고 그녀는 몸이 약해서 아이를 갖지 못했다. 김기림의 아버지는 며느리에게 한약을 지어주었음은 물론이고 병원에도 통원케 했지만, 그녀는 끝내 아이를 가지 못했다. 이월녀는 김기림 가문의 대를 잇지 못할 것을 염려하여 스스로 친가로 돌아갔다고 한다.

　김기림의 수필을 보면 이월녀와 관련된 이야기가 더러 나온다. 앞에 인용한 「붉은 울금향과 '로이드' 안경」에 아내와 친구에 대한 이야기가 나오는데, 그보다 한 달 먼저 발표한 「결혼」16)이라는 글에서는 결혼은 축복이 아니라 낭패이며 연애란 결국 남자의 패배로 끝나는 전쟁이라는 내용을 이야기하고 있다. 그러니까 이 글을 쓰던 시기에는 이미 이월녀와의 결혼생활이 파탄이 나서 결혼에 대해 환멸감을 갖고 있었음을 알 수 있다.

그런데 그로부터 일 년 전에 발표한 「어째서 네게는 날개가 없느냐」17)라는 글에서는 1931년 2월 25일 오전 2시라는 시점까지 명확히 밝히면서 고향에 병으로 드러누운 그녀를 만나기 위해 북방행 열차에 몸을 실은 화자의 회상이 펼쳐지고 있다. 상당히 냉소적인 어조로 쓰인 이 글은, 허구적인 요소도 부분적으로 개입되어 있는 것 같지만, 화자는 마치 한 편의 소설을 엮어가듯이 그녀의 경박스러운 허영기까지 솔직하게 노출시켜 가며 그녀와의 사연을 비교적 자세하게 이야기하고 있다. 이 글에 의하면 두 사람은 지난여름에 작은 셋방에서 동거하고 있었고 가을에 여인이 병을 얻어 "北國의 어머니의 곳으로 돌려보내는 슬픈 이별의 밤"을 맞게 되었다. 겨울이 지나고 봄이 오면 제비와 같이 다시 오겠다고 말하며 두 사람은 헤어진 것이다. 이제 새봄이 오는 시점에 그녀를 만나기 위해 북행열차에 몸을 실은 화자의 가방 안에는 그녀에게 줄 일 원 오십 전짜리 비단 양말이 들어 있다. 그

비싼 양말을 신은 그녀의 손목을 잡아 이끌며 병상을 차버리고 눈길을 걷자고 이야기할 생각에 잠겨 있는 것이다.

한편 이 두 글의 중간 시점에 발표한 「바다의 誘惑」[18]에는 아내와 서울에서 생활을 하는 장면이 소개되어 있다. 작열하는 태양 속에 침울해진 마음으로 집에 들어오자 아내는 덥고 답답하니 진고개에 나가 바람이라도 쏘이고 오자고 제의한다. 밤거리를 걸으며 함경북도가 고향인 두 사람 다 바다의 유혹을 느낀다. 결국 찻집에 앉았을 때 아내는 "원산까지 왕복 차비가 얼매에요"라는 말로 바다에 대한 동경을 담아낸다. 이 수필의 내용에 의하면 아내가 아프다거나 사이가 좋지 않다는 느낌은 전혀 비치지 않는다.

이런 수필의 내용을 종합해보면, 「붉은 울금향과 '로이드' 안경」에 나오는 '지난해 봄'은 1931년 봄이 아니라 1930년 봄임을 짐작하게 된다. 그것은 "李兄은 나의 2년 동안의 서울 살림 중에서 얻은 최대의 友情이다"라는 말에서 암시된다. 2년의 서울 살림이란 김기림이 귀국해서 보낸 시간 전체가 아니라 이월녀와의 서울 생활 기간을 지칭한 것으로 보인다. 그러니까 1930년 봄 두 사람은 결혼하여 남산 밑에 작은 셋방을 얻었으며, 그해 가을에 아내가 병을 얻어 고향집으로 떠났고, 그 다음해인 1931년 봄쯤 다시 서울에 와서 여름을 지낸 다음 겨울에 이르는 어느 시점에 결국 헤어진 것으로 추측할 수 있다. 서울을 떠나 북쪽 나라로 떠나온 후에 해가 바뀌었다는 「붉은 울금향과 '로이드' 안경」의 기록에서 두 사람이 함께 고향으로 와서 헤어졌고 그 이후 해가 바뀌어 1932년이 되었음을 알 수 있다.

이월녀와 헤어진 후 김기림은 다시 서울로 와 신문사 일을 보게 되었다. 1933년부터는 개성에 있던 선덕 누이의 남편이 서울로 전근해옴에 따라 선덕 누이의 집에서 기거했음을 수필을 통해서 알 수 있다. 「코스모포리탄 日記」[19)를 보면 1933년 3월의 일기에 벌써 선덕 누이의 집에서 기거하고 있음이 드러난다.

누이는 내 목을 근심해서 미음을 주었다.

미음은 싱겁다. 나는 차라리 김치 깍두기에 물에 만 밥을 먹었다. 아침을 먹고 나서 나는 D社의 R과 C社의 B에게 놀러 와 달라고 누이를 시켜 전화를 걸게 하였다.

4, 5일 동안 병석에 누워서 동무 하나 못 보니 고독하기 짝이 없다. C社의 B는 밤에 와 준다고 하였다. D社의 R은 시골서 손님이 와서 못 온다는 것이다. 그리고 조섭을 잘 하라고 ― (……)

오늘은 날이 좋다. 나는 누이도 말리고 해서 며칠 동안만 더 몸조섭을 해 가지고 떠나기로 하였다. 나는 불이 나게 아버지에게 편지를 썼다. "목은 일 없으니 안심하소서. 며칠 조섭해 가지고 집으로 가렵니다"하고. 누님은 전일에 내가 심히 앓을 때에 아버지께 내가 앓는다고 편지하였다는 말을 들은 까닭이다. (……) 나는 누이의 경솔한 것이 원망스러웠다.[20]

그런데 김기림의 생애를 기술한 김학동·김유중의 연보에는 둘 다 1932년 1월 길주 출생의 신보금(申寶金, 호적명은 김원자[金園子])을 만나 결혼하였으며, 그해 12월에 장남 세환이 태어난 것으로 되어 있다. 이로 보면 고향에서 지내던 병약한 이월녀가 후손 없이 친정으로 가버리자 주위 사람들이 서둘러 결혼을 주선했으며, 그 결과 신보금과 혼례를 치른 것임을 짐작할 수 있다. 고향에서 겨울을 보낸 후 다시 기림은 서울로 와서 조선일보사에 복직하여 기자와 작가로서의 활동을 계속하였다. 그는 도시에 어울리는 교양인이지 임명동 무곡원의 농장 주인이 될 사람이 아니었다. 아내 신보금이 아들과 집안을 돌보며 고향인 임명동에 있었기에 기림은 서울의 누이 집에서 기거했던 것으로 짐작된다.

본격적인 문필활동의 전개

김기림이 지면에 글을 발표하기 시작한 것은 1930년의 일로 학예란에 기행문을 쓴 데서 비롯되었다. 「문단불참기」[21]에 따르면 대학 선배인 설의식의 권유로 자신이 기자로 있는 『조선일보』 학예란에 지방에 출장 갔던 기행문을 발표한 것이 글을 쓴 계기가 되었다고 한다. 처음에는 가명으로 글을 발표하다가 설의식의 권고를 받고 본명으로 발표하였다고 한다. 이 때문에 김기림은 자신이 어떤 절차를 거쳐 문단에 나왔다고 생각한 적이 없으며, 또 굳이 문단에 나가야겠다고 억지로 애쓴 일도 없었다고 회고하고 있다. 기자라는 직업 때문에 자연스럽게 글을 쓰게 되었고 그것이 문학 창작으로 자연스럽게 연결된 것이다. 그가 신문기자를 하면서 자신의 체험을 담아낸 초기의 글로 「신문기자로서 最初의 印象」이라는 글이 있다.

이리하여 편집국은 한 장의 呼吸紙인 것이다. 순간순간에 사회의 角隅에서 일어나는 사건이 그대로 넘쳐흐른 검은 '잉크'와 같이 이 사회적 呼吸紙에 吸引되는 것이다. 신문기자는 실로 이 呼吸紙의 각 세포에 부착한 吸盤과 같다. 거대한 사회 생활의 기구의 심장에까지 돌입할 수 있는 특권을 우리는 가지고 있는 것이다. (……) 이리하여 신문기자의 신경은 그리고 第六感은 부단히 사회의 표면과 이면에까지 배회한다.[22]

여기서 보는 것처럼 그는 신문사 편집국을 잉크를 빨아들이는 흡입지, 혹은 세포에 붙어 있는 흡반에 비유하여 사회각 방면의 사건을 수용하여 신문의 지면을 만드는 과정을 이야기하고 있다. 그는 신문기자직을 수행하면서 사회의 어둡고 밝은 면을 접하게 되는 데 경이를 느끼고 있으며, 대중들의 고민과 절규를 감각적으로 지각할 수 있는 위치에 있다는 점에 자부심을 느끼고 있다. 여기에는 저널리즘 종사자들이 흔히 갖고 있는 사회적 엘리트 의식, 사회 전면을 조감할 수 있다는 데서 오는 선구자 의식이 작용하고 있다. 이와 함께 이 무렵 그가 남긴 글들을 보면 근대자본주의 문명사회의 특징과 그것이 안고 있는 여러 가지 문제점에 대해 상당히 깊은 관심을 갖고 고민하였던 것을 알 수 있다. 그는 문필활동

초기부터 사회적인 문제에 많은 관심을 갖고 있었던 것이다.

　김기림이 최초로 발표한 시 작품은 ‘G. W.’라는 필명으로 1930년 9월 6일 『조선일보』에 발표한 「가거라 새로운 生活로」이다.

　‘바빌론’으로

　‘바빌론’으로

　적은 女子의 마음이 움직인다.

　개나리의 얼굴이 여린 볕을 향할 때……

　‘바빌론’으로 간 ‘미미’에게서

　복숭아 꽃 봉투가 날라왔다.

　그날부터 안해의 마음은 시들어져

　썼다가 찢어버린 편지만 쌓여간다.

　안해여, 작은 마음이여

　너의 날아가는 自由의 날개를 나는 막지 않는다.

　호올로 쌓아놓은 좁은 城壁의 문을 닫고 돌아서는

　나의 외로움은 돌아봄 없이 너는 가거라.

　안해여 나는 안다.

너의 작은 마음이 병들어 있음을……

동트지도 않는 來日의 窓머리에 매달리는 너의 얼굴 우에

새벽을 기다리는 작은 不安을 나는 본다.

가거라. 새로운 生活로 가거라.

너는 來日을 가저라.

밝어가는 새벽을 가저라.

• 「가거라 새로운 生活로」 전문

  1930년 9월은 김기림이 이월녀와 남산 밑에 신혼 방을 마
련하여 살고 있던 시점이다. 앞에서 살펴본 것처럼 이월녀가
병이 나서 고향으로 몸을 옮긴 것은 그해 가을의 일이다. 따
라서 이 시에 이월녀와의 애정의 갈등이 나타났다고 보는 것
은 잘못이다. 이 시는 김기림의 서구적 도시문명에 대한 동경
과 새로운 생활에 대한 지향을 아내에게 투사하여 표현한 작
품으로 보인다. 바빌론은 기원전 2000년에서 기원전 500년
경까지 번성했던 고대 메소포타미아 문명국가 바빌로니아의
수도로 바그다드 남쪽 80킬로미터 지점에 있었다. 이 시에
서 바빌론은 고대도시의 유적으로서의 의미보다는 신비로운
문명을 꽃피운 화려한 도시의 의미로 설정된 것 같다.

  마치 개나리가 여린 볕을 향하여 몸을 기울이듯이 아내의

마음도 바빌론으로 향하고, 먼저 바빌론으로 떠난 미미의 복숭아꽃 봉투를 받고 나서 아내의 동경은 더욱 커진다. 화자는 아내가 지닌 자유에의 꿈을 막지 않겠다고 선언하며 밝아오는 새벽을 향하여 새로운 생활을 찾아가라고 권유한다. 현실의 정황을 "호올로 쌓아놓은 좁은 성벽"으로 표현했지만 현실과 이상과의 갈등이 그렇게 첨예하게 나타나지는 않는다. 바빌론의 문명, 자유의 날개, 새로운 생활, 밝아오는 새벽을 찾아 떠날 것을 가벼운 어조로 권유하고 있다. 서구적인 것을 새로운 것이라고 단정하고 새로운 생활로 가는 것이 밝은 새벽을 누리는 것이고 자유를 획득하는 것이라는 단편적 사고가 나타나 있다.

김기림이 발표한 두 번째 작품은 역시 『조선일보』 9월 30일자에 실린 「슈-르레알리스트」인데, 이 시에는 그의 문학관이 담겨 있어 음미를 요한다.

거리로 지나가면서 당신은 본일이 없습니까
가을 볕으로 짠 장삼을 둘르고
갈대 고깔을 뒷덜미에 붙인 사람의
어리꾸진 노래를—
怪常한 춤맵씨를—
그는 千九百三十年[23] 最後의 市民—

불란서혁명의 末裔의 最後의 사람입니다

그의 눈은 '푸리즘'처럼 多角입니다.

세계는 거꾸로 彩光되어 그의 白色의 '카메라'에 자빠집
니다.

새벽의 땅을 울리는 발자국 소리에 그의 귀는 기울어
지나

그는 그 뒤를 따를 수 없는 가여운 절림발이외다.

資本主義 第三期의 '메리 · 꼬-라운드'로

出發의 前夜의 伴侶들이 손목을 이끄나

그는 차라리 여기서 호올로 서서

남들이 모르던 수상한 노래에 맞추어

혼자서 그의 춤을 춤추기를 좋아합니다.

그는 압니다. 이윽고 '카지노폴리'의 奏樂은 疲困해 끝
이 나고 거리는 잠잠해지고 말 것을 생각지 말으세요. 그의
노래나 춤이 즐거운 것이라고 그는 슬퍼하는 人形이외다.

그에게는 生活이 없습니다.

사람들이 모-다 생활을 가지는 때

우리들의 '피에로'도 쓰러집니다.

• 「슈-르레알리스트」 전문

1924년 앙드레 브르통(André Breton)의 초현실주의

(Surréalisme) 선언이 있고부터 쉬르레알리슴이란 용어가 알려지기 시작하고 하나의 예술운동이 전개된 것을 감안하면 김기림의 시 제목이 당대의 신흥예술의 명칭을 상당히 일찍 수용하고 있음을 알게 된다. 이것은 신문사 기자로서 다양한 세계문물을 적극적으로 수용하였기에 가능했던 일이다. 그는 당대 신흥예술가인 쉬르레알리스트를 표제로 내세워 그의 전위적인 행동과 예술을, 그리고 그 신흥예술과 생활과의 관련성까지도 암시하는 내용의 시를 발표하고 있는 것이다.

그는 이 시기에 발표한 「詩人과 詩의 槪念」이라는 짧은 시론을 통해서도 쉬르레알리슴 등 신흥예술에 대한 관심을 드러내고 있다. 그는 이러한 신흥예술의 흐름을 자본주의 말기로 가는 퇴폐화의 경향으로 보고 있다. 한 사회의 문화가 난숙하게 되면 향락적·퇴폐적 경향으로 흐르게 된다고 지적하면서 이러한 퇴폐적 흐름에 대해 다음과 같이 부정적으로 서술하고 있다.

'슈르리얼리즘', 淡白한 '센티멘탈리즘', 말초신경적 신감각주의, 그리고 감각의 交錯과 환상, 이것이 현대에 남아 있는 시인적인 시의 속성이다. 그리하여 시는 자본주의 문화의 모든 영역에 팽배한 분해작용과 함께 그것은 최후의 심판에로 매진하고 있다.[24]

김기림은 1930년대 초기에 작성한 문학론에서 새로운 시대정신을 표현하여야 한다는 당위성에 동의하면서 기계문명의 시대에 맞는 적극적인 문학을 건설하는 것은 긍정했지만 자본주의시대에 대해서는 부정적으로 인식하고[25] 있었음을 알 수 있다. 쉬르레알리슴을 자본주의 말기의 퇴폐적 경향으로 보았기에 자본주의에 대한 부정적 의식이 쉬르레알리슴에까지 투영된 것이다.

　시론에서 보여준 견해처럼 그는 위의 시에서도 쉬르레알리슴이라는 신흥예술에 대해 호기심 어린 관심을 기울이는 것 대신에 풍자적이고 비판적인 시각에서 논평을 시도하고 있다. 쉬르레알리스트의 어릿광대 같은 괴상한 동작을 지시하면서 근대의 최후 시기에 속하는 사람으로 규정하는가 하면, 시대의 첨단을 걷고 다각적인 시각을 구비한 전위적 측면이 있지만 결국 자신의 선구적 사유를 따라가지 못하는 절름발이에 불과하며 생활에 동화되지 못한 상태에서 남들이 모르는 노래와 춤을 혼자 즐기는 일종의 피에로 같은 존재로 묘사하고 있다. "그에게는 생활이 없습니다"라는 단언은 생활과 절연된 전위예술가의 운명적 실패를 예고하는 듯하다. 이처럼 그는 현대 신흥예술에 대해 거리감을 유지하면서 냉정한 시각에서 문제점을 지적하고 전위적 실험예술이 대중과 유리될 때 갖게 되는 허망함을 경고하고 있다.

『조선일보』10월 1일 자에 발표한「가을의 太陽은 '플라티나'의 燕尾服을 입고」는 이 시기의 작품 중 가장 김기림다운 작품이라 할 수 있다.

가을의
太陽은 겨으른 畵家입니다.

거리 거리에 머리 숙이고 마주선 벽돌집 사이에
蒼白한 꿈의 그림자를 그리며 댕기는⋯⋯

'쇼-윈도우'의 마네킹 人形은 홋옷을 벗기우고서
'셀룰로이드'의 눈동자가 이슬과 같이 슬픕니다.

失業者의 그림자는 公園의 蓮못가의 갈대에 의지하야
살진 금붕어를 흐리고 있습니다.

가을의 太陽은 '플라티나'의 燕尾服을 입고서
피 빠진 하눌의 얼굴을 散步하는
沈默한 畵家입니다.
　•「가을의 太陽은 '플라티나'의 燕尾服을 입고」전문

여기에는 가을의 속성을 이미지로 포착하여 감각적으로 드러내려는 의식이 있으며 고정된 대상을 의인화하여 동적인 상태로 변용시키려는 자각적 방법이 살아 움직인다. '플라티나'(platina)란 백금이란 뜻이다. 가을의 태양이 백금 연미복을 입었다는 것은 상상만으로도 신비롭고 눈부시게 느껴진다. 이 시에서 플라티나란 말은 백금의 귀금속적 가치를 나타내는 것이 아니라 황금과 대비되는 백색의 창백하고 우울한 속성을 드러낸다. 가을의 태양을 게으른 화가로 보았는데, 그것은 거리마다 "창백한 꿈의 그림자를 그려놓기" 때문이다. 쇼윈도에 세워진 마네킹의 셀룰로이드 눈동자에서 투명한 슬픔을 보고, 공원 연못가 갈대에 드리워진 실업자의 그림자에서 우울한 비애를 느낀다. 이런 음울한 상황을 배경으로 가을의 태양이 창백하게 하늘에 떠 있는 모습을 백금 연미복으로 비유한 것이며 백금 연미복의 화가가 침묵 속에 하늘을 산보하고 있다고 본 것이다.

결국 이 시가 나타내고자 한 것은 가을이 환기하는 창백한 음울함이다. 이러한 인식이나 정서는 그리 새로운 것이 아니다. 다만 가을의 창백한 음울함을 플라티나의 연미복을 입은 모습으로 비유한 데 시의 새로움이 있다. 그러면서도 여기에는 남들이 잘 모르는 서구적 사물로 대상을 비유하여 새로움을 얻으려는 경박한 신기 추구의 경향이 담겨 있음을 부정하기 어렵다. 다양한 지식을 섭취한 교양인 김기림은 시를 창작하는 데 있어서도 그러한 지식 과시의 양상을 자기도 모르게 드러내고 있는 것이다. 그의 초기시는 새로운 것을 찾아 시의 소재로 삼으려는 '신기주의', 자기가 아는 많은 것을 무절제하게 시에 포함시켜 자신의 지식을 과시하려는 '현학주의', 새로운 것이면 무조건 좋다고 생각하고 그것을 찾아 앞으로 나아가려는 '무정향적 전진주의' 등의 경향을 드러낸다.[26] "김기림이 지닌 서구 지성들에 대한 박학은 선구적인 것이고 놀라운 것이지만, 그것은 구조적 깊이를 획득하지 못한 것이며 또 시대적 여건을 무시한 지나친 선구성이어서 뿌리를 내리지 못하고 만다"[27]는 지적도 이러한 경향을 말한 것이다.

1930년대 초기에 김기림은 의외롭게도 희곡 작품 5편을 발표하였다. 그것은 「떠나가는 風船」[28], 「天國에서 왔다는 사나이」[29], 「어머니를 울리는 자는 누구냐」[30], 「미스터 불독」[31], 「바닷가의 하룻밤」[32] 등이다. 이 작품들은 각기 다양한 내용과 형식을 지니고 있지만, 습작기의 티를 벗어나지 못한 구성상의 허술함을 드러낸다. 그런데도 시에서 표현되지 않았던 미래에 대한 열망이라든가 민중의 힘을 통해 암흑을 몰아내고 긍정적 세계를 맞이해야 한다는 현실비판적 인식이 희곡 작품에 표현된 것은[33] 이채로운 일이다. 기자로

서 지닌 사회비판 정신, 초기 문필활동에서부터 보여준 사회
에 대한 관심이 시보다는 희곡 양식에서 더욱 적극적으로 표
현될 수 있었던 것이다. 다음 문장은 김기림의 희곡이 지닌
공과를 요령 있게 정리해준다.

김기림의 희곡 다섯 편 가운데 두 편은 풍자적이고 두
편은 사실적이다. 풍자적인 작품이 있는 자의 위선과 횡포
에 대한 차가운 비판정신을 바탕으로 하고 있으며 비교적
규모가 큰 데 비하여 사실적인 작품은 따스한 인간애를 바
탕으로 한 소품들이다. 프로 문학 계열에 가까운 풍자적인
작품들은, 기발한 상황설정과 재치 있는 언어구사가 돋보
이기는 하지만 공허한 보편주의 또는 세계주의 때문에 관
념적이고 비현실적이다. 그것은 터무니없이 낙관적이거나
모호한 결말에서 잘 드러난다.[34]

이러한 요약적 결론이 잘 말해주는 것처럼 김기림은 시와
는 다른 장르를 통해 자신의 문학관과 현실인식을 표현하는
방법을 찾아보려 하였으나 실험적인 시도로 그쳤을 뿐 창작
의 본궤도로 진입하지는 못한 것으로 판단된다. 그러나 이
당시 김기림이 다양한 장르의 습작을 통해 자신의 문학적 역
량을 키워가고 있었음은 충분히 이해할 수 있다.

다양하고 활발한 문단활동

1930년 이후 김기림은 활발한 창작활동을 벌이는데 1934년까지 쓴 시작품의 대부분은 시집 『태양의 풍속』에 수록되어 있다. 이 시집이 간행된 것은 1939년 9월의 일이지만, 시집의 머리말 끝에 1934년 10월 15일이라는 날짜가 명기되어 있고, 머리말 속에도 "이 책은 1930년 가을로부터 1934년 가을까지의 동안 나의 총망한 宿泊簿에 불과하다"는 말이 나와 있음을 볼 때, 1934년에 간행하려던 시집이 어떤 이유로 출판이 연기되어 늦게 출간된 것임을 알 수 있다. 1936년 7월에 시집 『기상도』가 먼저 출판되었지만 창작 시점이 앞선 『태양의 풍속』을 그의 실제적인 첫 시집으로 보아야 한다.

『기상도』는 1935년도 한 해에 발표한 장시 작품만 모은 것인데 그는 처음부터 하나의 주제를 가진 장시를 기획하고 거기 들어갈 작품의 일부를 부분적으로 지면에 발표하였다. 시집 출간이 뜻대로 성사되지는 못했지만, 1934년에 『태양의 풍속』으로 자신의 시작이 일단 정리되었다고 보고, 그 다음에는 야심적인 장시를 기획하여 『기상도』를 간행하려 한 것이다.

1930년에서 1935년에 이르는 기간 동안 김기림은 시만이 아니라 많은 시론과 비평문, 수필을 발표했으며, 앞에서 본 대로 희곡과 소설도 발표했다. 이 기간은 그의 창작의 황금 시기라고 해도 좋을 것이다. 이때 김기림의 문학에 대한 열정은 대단했으며 독서의 범위도 매우 넓어서 풍부한 지식을 습득했던 것으로 보인다. 신문사 학예부에 있었기 때문에 문인들과의 교류도 활발하여 1933년 '구인회'를 결성할 때 중요한 구심점 역할을 했다.

구인회는 1933년 8월 30일 이태준·정지용·이종명·이효석·유치진·이무영·김유영·조용만 등과 함께 결성한 비공식 사교 모임인데, 그러한 사교 모임이 만들어졌다는 기사도 『조선일보』 학예란에 실렸다. 이 모임이 문학적 조직체가 아니라 단순한 사교 모임이었기 때문에 회원들의 변동도 많았지만, 김기림은 1936년 3월 이 모임의 첫 회지이자 마지막 회지인 『시와 소설』이 간행될 때까지 계속 참여하였다. 특히 구인회 후기 멤버인 이상·박태원 등과 친밀한 관계를 유지하였다.

그때나 지금이나 문단의 주도권을 잡게 되는 것은 조직을 가진 문학단체인데, 그 당시 조직을 가지고 있던 문학단체는 사회주의 문학단체인 카프가 거의 유일했다. 구인회는, 거기 참여한 문인의 면면을 볼 때, 당시 우리 문단의 주도권을 잡고 있던 카프의 지나친 이데올로기 편향성에 불만을 가진 문인들이 창작의 순수성과 자유로움을 지켜가고자 하는 뜻에서 자발적인 친목단체의 형태로 출발한 것임을 알 수 있다. 그들은 사조적으로 보면 새로운 스타일의 문학을 추구하던 모더니즘 계열의 작가들이고 문학세계는 각기 달랐지만 투쟁적 목적의식보다는 창작의 자율성을 중시한다는 공통점이 있었다. 그리고 신문사에 재직하고 있는 사람이 많은 것도 이 모임의 자유주의적 성향과 저널리즘 지향을 단적으로 드러내는 사례다. 신문사에 재직하고 있을 뿐 실제 창작에는 별 뜻이 없었던 이종명과 김유영이 탈퇴하고, 이효석이 평양의 숭실전문학교 교수로 부임하며 탈퇴하고, 이들을 대신해서 새로 박태원·이상·박팔양이 가입했다. 새로운 모더니스트를 맞이하게 되자 이전보다 분위기는 더 활성화되었다. 그 후 유치진·조용만 두 사람이 탈퇴하고, 그 자리를 김유정과 김환태가 메우게 되었다.

1936년 『시와 소설』을 간행할 때 구인회의 멤버는 이태준·정지용·이무영·박태원·이상·박팔양·김유정·김환태 · 김기림 등이며, 이들은 당대 젊은 문학을 이끄는 대표적 주자라 할 만했다. 이 잡지의 편집은 이상이 맡았으며 장정은 이상의 친구인 모더니스트 화가 구본웅이 맡았다. 둘째가라면 서러워할 당대 모더니스트들이 참여한 『시와 소설』은, 비록 한 호로 그친 단명(短命)의 잡지지만, 구인회라는 이름을 걸고 나온 잡지이기에 거기 작품을 발표한다는 것은 자신의 독특한 개성을 드러낸다는 의미를 담고 있었다. 작품을 통해 자신이 당대 일급의 모더니스트임을 보여주어야 한다는 일종의 강박관념 같은 것이 작용한 것이다.

그래서 그런지 정작 이 잡지에 작품을 발표한 사람은 회원의 반밖에 되지 않는다. 동인으로는 정지용 · 이상 · 김기림이 시를 발표하였고, 박태원과 김유정이 소설을 발표하였으며, 이태준은 짤막한 수필을 발표하고 있을 뿐이다. 회원이 아닌 사람으로 백석과 김상용의 시가 실려 있다.

정지용은 자신이 추구하던 '감정의 절제'라든가 '사유의 감각적 표현'을 잠시 떠나 기상(奇想)과 기지(機智)와 모호함이 뒤섞인, 그래서 시적 대상이 무엇인가에 대해 지금까지 수수께끼 같은 물음을 계속 불러일으키는 「流線哀傷」이라는 작품을 발표하였다.[35] 또 이상은 「街外街傳」이라는 총 6연으로 된 장편의 산문시를 발표하였는데, 이 작품은 자신이 앓고 있는 결핵을 시의 제재로 내세워 자신을 폭로하는 고백적 위악성을 축으로 현란한 무의식의 세계를 펼쳐낸 야심적인 실험시다. 1935년에 『조선일보』 신춘문예에 「소낙비」가 당선되어 문단에 나온 김유정은 기생 박녹주에 대한 연모의 정과 그것의 허망함을 이중적으로 표현한 「두꺼비」라는 작품을 발표하였다. 김기림은 이 잡지에 「除夜」라는 시를 발표하였는데, 그것은 제야를 맞는 서울 거리의 번잡하면서도 공허한 풍경을 카메라로 찍듯 열거해간 작품이다.

光化門 네거리에 눈이 오신다.
꾸겨진 中折帽가 山高帽가 '베레'가 조바위가 四角帽가 '샤포'가
帽子 帽子 帽子가 중대가리 고치머리가 흘러간다.

거지 아히들이 感氣의 危險을 列擧한
노랑빛 毒한 廣告紙를
軍縮號外와 함께 뿌리고 갔다.

電車들이 주린 鰶魚처럼
殺氣 띤 눈을 부르뜨고
사람을 찾어 안개의 海底로 모여든다.
軍縮이 될 리 있나? 그런건

牧師님조차도 믿지 않는다드라.

'마스크'를 걸고도 國民들은 感氣가 무서워서
酸素吸入器를 携帶하고 댕긴다.
언제부터 이 平穩에 우리는 이다지 特待生처럼 익숙해
버렸을까?

榮華의 歷史가 이야기처럼 먼 어느 種族의 한쪼각 부스
러기는
조고만한 醜聞에조차 쥐처럼 卑怯하다.
나의 外套는 어느새 껍질처럼 내몸에 피어났구나.
크지도 적지도 않고 신기하게두 꼭맞는다.
• 「除夜」일부

이 시는 다른 구인회 동인의 작품만큼 야심작이라고 하기
는 어렵다. 근대도시의 단편적 외형을 눈에 보이는 대로 열
거해 갔을 뿐이다. 갖가지 모자를 쓰고 지나가는 사람들의
모습과 광고지와 호외지를 뿌리는 아이들의 모습, 상어처럼
살기 띤 눈으로 달려드는 전차, 감기가 두려워 마스크를 쓴
시민들 등 일상적인 삶의 단편들이 소묘될 따름이다. 어떤
실험의식이라든가 새로운 시를 써보겠다는 야심은 보이지

않는다. 여기에는 번잡한 도시에서 느끼는 지식인의 공허감과 무상감이 감지될 뿐이다. 그러니까 그에게는 구인회의 동인지에 작품을 낸다는 자의식이 다른 사람보다는 약하게 작용했던 것이다. 혹은 문학으로 승부를 걸겠다는 치열한 의식이 부족했다고도 말할 수 있다. 그에게는 구인회가 예술정신이 격돌하는 일급 문인들의 회합장이 아니라 단순히 좋은 요리를 먹고 재미있는 이야기를 나누는 딜레탕트적 사교장으로 비쳤는지도 모른다.

그는 구인회에 대해 다음과 같이 회고하고 있다.

尚虛 · 芝溶 · 仇甫 · 無影 · 幽影 기타 몇몇이 九人會를 한 것도 적어도 우리 몇몇은 文壇意識을 가지고 했다느니보다는 같이 한 번씩 50전씩 내가지고 雅敍園에 모여서 支那料理를 먹으면서 지껄이는 것이…… 나중에는 仇甫와 箱이 그 달변으로 응수하는 것이 듣기 재미있어서 한 것이었다. 그때에는 支那料理도 퍽 싸서 50전이면 제법 술 한 잔씩도 먹었다.

구인회는 꽤 재미있는 모임이었다. 한동안 물러간 사람도 있고 새로 들어온 사람도 있었지만, 가령 尚虛라든지 仇甫라든지 箱이라든지 꽤 서로 信義를 지켜갈 수 있는 友誼가 그 속에서 자라가고 있었다는 것은 지금 생각해도 유쾌한 일이다. 우리는 때때로는 비록 문학은 잃어버려도 友誼만은 잊지 말았으면 하고 생각할 때가 있다. 어떻게 말하면 문학보다도 더 중한 것은 인간인 까닭이다.[36]

이 기록을 보면 김기림은 구인회를 어떤 문학적 이념이 중심이 된 단체로 여긴 것이 아니라 문인들끼리의 친목단체 정도로 생각했음이 분명하다. 그가 "신의를 지켜갈 수 있는 우의"를 느낀 대상은 상허 이태준 · 구보 박태원, 그리고 이상이었다. 그는 박태원과 이상이 달변으로 응수하는 담소의 장면이 재미있었으며 그것을 통해 우정이 두터워질 수 있다고 생각했다. 문학적 취향의 유사성 같은 데에는 별 관심이 없었던 것이다. 김기림은 특히 이상과의 우의를 꽤 오랫동안 유지했는데, 이상은 김기림이 자신을 친구로 생각하는 것 이상으로 김기림에게 인간적 애호의 정을 담뿍 쏟았다. 구인회를 통해 만난 김기림과 이상의 우정은 1937년 봄 이상이 도쿄에서 생을 마감할 때까지 이어진다. 그리고 이태준과 박태원과의 우의는 해방 후에까지 이어진다.

이상도 김기림이 다닌 보성고보를 졸업했지만 이상은 동광학교에 다니다가 동광학교가 보성고보로 합병되면서 1924년 4학년 때 보성고보 학생이 되었고 김기림은 1923년에 질병으로 일년 휴학하고 일본으로 건너갔기 때문에 두 사람이 만난 일은 없다. 김기림이 이상을 처음 알게 된 것은 구보 박태원의 소개로 비롯된 것인데, 그 내력을 밝히며 김기림은 다음과 같은 인상기를 남겼다.

무슨 싸늘한 물고기와도 같은 손길이었다. 대리석처럼 흰 피부, 유난히 긴 눈사부랭이와 짙은 눈썹, 헙수룩한 머리 할 것 없이, 仇甫가 꼭 만나게 하고 싶다던 사내는, 바로 젊었을 적 'D. H. 로-렌쓰'의 사진 그대로인 사람이었다. 나는 곧 그의 비단처럼 섬세한 육체는, 결국 엄청나게 까다로운 그의 정신을 지탱하고 섬기기에 그처럼 소모된 것이리라 생각했다.[37]

이 글이 이상이 세상을 떠난 다음에 추모의 감정을 담아 발표한 글이라 하더라도 여기에는 천재 문인 이상의 내면을 이해하려는 김기림의 관심과 성의가 담겨 있는 것으로 보인다. 그는 이상의 깡마른 외모가 "엄청나게 까다로운 그의 정신"을 지탱하고 섬기느라고 소모된 탓이라고 했다. 그 특이한 육체의 내면에는 자신으로서는 감당하기 어려운 정신세계가 담겨 있다고 믿은 것이다.

김기림이 1936년 4월 센다이의 도호쿠제대 영문학과로 유학을 떠나자 이상은 더할 수 없이 부러워하였다. 이상은 일본의 도쿄에 가서 진짜 근대의 모습을 보고 싶어했기 때문이다. 이상은 센다이에 가 있는 김기림에게 편지로 구인회 회원들의 소식과 시집 『기상도』 간행 경위를 그때그때 알렸다. 그만큼 일본에 가 있는 김기림의 처지가 못내 부러웠고 김기림의 여유 있는 너그러움이 좋았던 것이다.[38] 다음은 1936년 가을에 이상이 김기림에게 보낸 서신의 일부이다.

여지껏 가족들에게 대한 은애의 정을 차마 떼이기 어려워 집을 나가지 못하였던 것을 이번에 내 아우가 직업을 얻은 기회에 동경 가서 고생살이 좀 하여볼 작정이오.

아직 큰소리 못하겠으나 9월 중에는 어쩌면 출발할 수 있을 것 같소.

형 渡東하는 길에 서울 들러 부디 좀 만납시다. 할 이야기도 많고 이일 저일 의논하고 싶소.

(……)

泰源은 어쩌다가 만나오. 그 군도 어째 世帶苦 때문에 활개짓이 잘 안나오나 봅니다.

芝溶은 한번도 못 만났오.

(……)

편지 부디 주기 바라오. 그리고 渡東 길에 꼭 좀 만나기로 합시다. 굳 바-이.

62

九人會는 인간 최대의 태만에서 부침중이오. 八陽 탈회했오. ― 잡지 2호는 흐지부지요. 게을러서 다 틀려먹을 것 같소. 내일 밤에는 명월관에서 영랑시집의 밤이 있오. 서울은 그저 踏步中이오.

자조 편지나 하오. 나는 아마 좀 더 여기 있어야 되나 보오.

형의 글 받았오. 퍽 반가웠오.

북일본 가을에 형은 참 엄연한 존재로구려!

워-밍엎이 다 되었건만 와인드엎을 하지 못하는 이 몸이 형을 몹씨 부러워하오.

지금쯤은 이 이상이 동경사람이 되었을 것인데 本町署 고등계에서 '渡航マカリナラヌ'의 吩咐가 지난 달 하순에 나렸구려! 우습지 않소?

그러나 지금 다시 다른 방법으로 도항증명을 얻을 도리를 차리는 중이니 금월 중순―하순경에는 아마 이상도 동경을 헤메는 백면의 漂客이 되리다.[39]

이처럼 이상은 편지마다 자신도 일본으로 갈 것이라고 말하며 기림을 다시 만날 것을 고대하고 있다. 기림을 대하는 이상의 태도는 마치 형을 대하는 아우처럼 어리광과 존경 어린 조바심으로 가득 차 있다. 결국 그해 10월 문우들이 모아준 돈을 가지고 도쿄로 간 이상은 센다이의 도호쿠제대에 유학 중인 김기림에게 연락을 취한다. 그러나 학기가 진행 중이라 김기림은 이상에게 갈 수가 없었다. 1937년 3월 사상불온 혐의로 유치장에 있다가 병보석으로 풀려난 이상은 김기림에게 무려 7통이나 되는 애절한 사연의 편지를 띄운다. 이것은 구인회 회원 중, 유독 김기림만이 이상 자신의 참된 동료로 인식되고 있었다는 것, 김기림이 표현한 신의를 지켜갈 수 있는 우의를 지닌 벗이 바로 이상이었음을 알려준다. 이두 사람은 이제까지 알려진 것 이상으로 서로에 대해 깊은 신뢰와 존경심을 보내고 있었던 것이다.

1937년 3월 20일 김기림이 이상을 찾아 도쿄에 왔을 때 이상은 죽음 직전의 상태였다. 「고 이상의 추억」[40)]에서 김기림이 묘사한 바에 의하면, 이상은 꼬부라진 뒷골목 이층 골방에 날개가 아주 부러져서 기거도 못하고 이불을 뒤집어쓰고 있었다. 상아보다 더 창백한 얼굴에 검은 수염이 코 밑과 턱을 참혹하게 덮고 있었다. 김기림은 애써 명랑을 가장하며 "여보, 당신 얼굴이 아주 '피디아스'의 '제우스' 神像 같구려"하고 웃었다고 한다. 이 말에서도 저널리스트인 김기림의 현학 취향이 드러나거니와 고대 희랍의 조각가 피디아스는 기원전 5세기경 올림피아 신전에 거대한 제우스 신상을 조각하였다고 하는데 그 작품은 지금 남아 있지 않다. 김기림은 지금 남아 있지 않지만 신비로운 위용을 보였다고 전해지는 피디아스의 제우스 신상에 이상을 비유함으로써 이상의 자존심을 높여준 것이다. 김기림을 만나 흥분한 이상은 아무리 누우라고 해도 눕지 않고 몇 시간 동안 자신의 문학과 세간의 평에 대해 열을 올려 떠들었다고 한다. 한 달 후 다시 만나기로 하고 두 사람은 헤어졌지만 4월 17일 오전 4시 이상이 세상을 떠남으로써 두 사람의 만남은 그것이 마지막이 되고 말았다.

김기림은 위의 글에서 "현대적인 퇴폐에 대한 진실한 체험이 없는 나는 이 점에 대해서는 늘 箱에게 경의를 표했다"고 고백하고 있다. 그 자신은 아침마다 덴마크 체조로 몸을 단련하는 균형 잡힌 도시인이었지만, 이상이야말로 현대적 퇴폐를 온몸으로 실천한 작가였음을 날카롭게 알아차리는 눈을 그는 가지고 있었던 것이다. 그는 이상에 대해 다음과 같이 적절한 평가를 하였는데 이 글이 명문에 속한다면 그것은 김기림의 진정한 마음이 글 속에 충분히 담겨 있기 때문이리라.

箱은 필시 죽음에 진 것이 아니리라. 箱은 제 육체의 마지막 조각까지라도 손수 길어서 없애고 사라진 것이리라.

箱은 오늘의 環境과 種族과 無知 속에 두기에는 너무나 아까운 天才였다. 箱은 한 번도 '잉크'로 시를 쓴 적이 없다. 箱의 시에는 언제든지 箱의 피가 淋漓(임리)하다. 그는 스스로 제 血管을 짜서 '시대의 혈서'를 쓴 것이다. 그는 현대라는 커다란 破船에서 떨어져 漂浪하던 너무나 처참한 船體 조각이었다.

(……) 그는 世俗에 반항하는 한 惡한(?) 精靈이었다. (……) 흐리고 어지럽고 게으른 詩壇의 낡은 風流에 극도의 증오를 품고 파괴와 부정에서 시작한 그의 시는 드디어 시대의 깊은 상처에 부딪쳐서 참담한 신음 소리를 토했다. 그도 또한 세기의 暗夜 속에서 불타다가 꺼지고 만 한 줄기 첨예한 良心이었다.[41]

해방 이후 간행된 김기림의 시집 『바다와 나비』(1946)에는 "우리들이 가졌던 황홀한 천재"인 이상의 영전에 바치는 시 「쥬피타 추방」이 실려 있다. 로마의 신 주피터는 바로 희랍의 신 제우스에 해당한다. 시대에 적응하지 못하고 죽은 이상을 권능의 신 주피터로 보고 타락한 세계가 주피터를 추방해버린 것이라고 해석한 것이다. 그 마지막 부분에서 김기림은 식민지 문학의 조숙한 천재, 가난한 시대의 문학적 이단자이자 문화 영웅인 주피터 이상의 죽음을 다음과 같이 장엄한 어조로 전송하고 있다.

쥬피타 너는 世紀의 아푼 상처였다.
惡한 氣流가 스칠적마다 오슬거렸다.
쥬피타는 병상을 차면서 소리쳤다
"누덕이불로라도 신문지라도 좋으니
저 太陽을 가려다고.
눈먼 팔레스타인의 殺戮을 키질하는 이 건장한
大英帝國의 태양을 보지 말게해다고"

쥬피타는 어느날 아침 초라한 걸레쪼각처럼 때묻고 해여진
수놓는 비단 形而上學과 체면과 거짓을 쓰레기통에 벗어 팽개쳤다.
실수 많은 인생을 탐내는 썩은 體重을 풀어버리고
파르테논으로 파르테논으로 날어갔다.

그러나 쥬피타는 아마도 오늘 세라시에 陛下처럼
해여진 망토를 둘르고
문허진 神話가 파무낀 폼페이 海岸을
바람을 데불고 혼자서 소요하리라.

쥬피타 昇天하는 날 禮儀없는 사막에는
마리아의 찬양대도 분향도 없었다.
길잃은 별들이 遊牧民처럼
허망한 바람을 숨쉬며 떠 댕겼다.
허나 노아의 홍수보다 더 진한 밤도
어둠을 뚫고 타는 두 눈동자를 끝내 감기지 못했다.
•「쥬피타 追放」일부

여기서도 이상을 미화하기 위한 김기림의 현학 취향은 그
대로 모습을 드러낸다. 희랍의 파르테논 신전이 나오는가 하
면 에티오피아의 왕가 셀라시에가 나오고 로마의 화산 유적
지 폼페이가 나온다. 이러한 소도구들은 모두 이상의 비극적
열정을 장식하기 위해 동원된 것들이다. 김기림은 이상의 열
정 어린 정신을 최종적으로 "어둠을 뚫고 타는 두 눈동자"로
규정하였다. 비록 찬양도 분향도 없이 허망하게 떠난 영혼이
지만 그 형형한 눈빛은 진한 어둠을 두 갈래로 가르며 꺼지
지 않았다고 본 것이다.

김기림은 센다이의 도호쿠제대로 유학을 떠나기 전 1935
년에 발표한 「기상도」 원고를 수합하여 한 권의 시집을 엮을
계획을 세웠다. 일본으로 건너가기 전에 시집을 내고 싶었겠
지만 사정이 여의치 못하였고 결국 시집의 편집과 장정을 이

상에게 맡기고 기림은 센다이로 향했다. 이상은 자신을 알아주는 비평가이자 구인회 동지인 김기림을 위하여 정성을 다해 교정을 보고 시집을 엮어냈다. 그 과정에서 이상은 김기림에게 『기상도』와 관련된 다음과 같은 편지를 보내기도 했다.

어떻소? 거기도 더웁소? 工夫가 잘 되오? 『기상도』 되었으니 보오. 교정은 내가 그럭저럭 잘 보았답시고 본 모양인데 틀린 데는 고쳐 보내오. (……) 참 體裁도 고치고 싶은 대로 고치오. 그리고 檢閱本은 안 보내니 그리 아오. 꼭 소용이 된다면 편지하오. 보내드리리다.[42)]

1936년 7월 시집이 출간되자 김기림은 여름방학을 맞아 귀국하여 이상과 함께 봉투에 풀칠을 하고 주소를 적어 시집을 친지들에게 발송하였다.

「기상도」는 『중앙』지 1935년 5월호와 7월호, 그리고 『삼천리』지 1935년 11월호와 12월호에 걸쳐 발표되었던 전체 7부 424행의 장시로, 발표 당시부터 임화와 박용철·최재서 등 당대 일급 문인들이 앞다투어 작품평을 게재하는 등, 문단 안팎의 폭넓은 반향을 불러일으켰던 문제작이다. 「기상도」를 연재하기 전에 발표한 다음과 같은 「서언」[43)]에 이 작품에 걸었던 김기림의 의욕과 기대가 숨김없이 드러나 있다.

한 개의 現代의 交響樂을 計劃한다. 現代 文明의 모든 面과 稜角은 여기서 發言의 權利의 機會를 拒絶 당하는 일이 없을 것이다. 無謀 대신에 다만 그러한 寬大만을 準備하였다.

이 「서언」에서 알 수 있는 것처럼 그는 이 작품에서 현대 문명의 모든 것을 망라하여 하나의 교향악을 구상한다고 선언하였다. 현대의 진정한 모습과는 엄청난 거리를 두고 있었음에 틀림없는 일본의 식민지 조선반도 지식인의 발언으로는 무모한 점이 없다고 하기 어렵다. 신문사에 접수되는 세계정보의 잡다한 상식적 사실들을 바탕으로 어떻게 현대문명의 교향악을 창조할 수 있겠는가. 이러한 선언 자체가 김기림의 실패를 이미 예고해 놓고 있는 것이라 말해도 지나치지 않을 것이다. 흔히 이 작품을 엘리엇의 「황무지」와 관련지어 논의하는데, 나는 그것이 거의 의미가 없는 일이라고 생각한다. 히브리 문화와 헬레니즘 문화의 흐름 속에 전개된 유럽의 정신사를 배경으로 당대 유럽 문명의 문제점을 조명한 엘리엇의 작업과, 자신의 잡다한 시사정보를 총동원하여 세계의 풍경을 자랑스럽게 점묘해간 저널리스트 김기림의 작업은 질적으로 분명히 구분되기 때문이다. 이 시집에서 긍정적인 요소로 끄집어낼 수 있는 것은 감각적 비유의 참신

성, 유머와 위트의 사용, 풍자의 감각 등이다.[44)]

　비눌
　돋힌
　海峽은
　배암의 잔등
　처럼 살아났고
　아롱진 '아라비아'의 衣裳을 둘른 젊은, 山脈들

　바람은 바닷가에 '사라센'의 비단幅처럼 미끄러웁고
　傲慢한 風景은 바로 午前 七時의 絶頂에 가로누웠다
　•「세계의 아침」 일부

　위의 인용은 『기상도』의 도입 부분인데, 독특한 표현으로 널리 알려진 대목이다. 이 시의 새로움에 대해 일찍이 다음과 같은 평가가 제시된 바 있다.

　여기 나타나는 바와 같이 김기림은 물결을 일으키며 생동하는 해협의 모습을 비늘이 돋친 짐승 또는 배암의 잔등에 비유하고 있다. 그리고 그와 대조를 이루고 선명한 윤곽을 드러내는 산맥을 "아라비아의 의상을 둘른" 인간에 비유하고 있는 것이다. 흔히 바다가 나오면 갈매기나 돛단 배가 나오고, 산맥이라면 산새나 진달래·두견이 등장하기 일쑤였던 20년대까지의 시에 비한다면 확실히 이것은 새로 개척된 국면이 아닐 수 없었다. 그리고 이들 국면이 그가 노리는 바 우리 시의 현대화를 위한 시도 내지 실험이었다는 사실은 김기림이 쓴 대부분의 산문이 궁극적으로는 우리 시의 현대화를 부르짖고 있다는 사실로 가장 손쉽게 파악될 수가 있는 일이다.[45]

위의 인용 부분은 마치 비행기를 타고 지상을 내려다보는 것처럼 바다와 산맥의 풍경을 원거리에서 조망하고 있다. 아침햇살을 받아 반짝이는 해협을 비늘 돋친 뱀의 잔등에 비유한 것이 새롭고, 초록과 흑갈색으로 뻗어내린 산맥의 형상을 아라비아의 의상을 두른 것에 비유한 것이 이채롭다. 아라비아의 의상으로 산맥을 비유했으니 바닷가에 부는 바람은 사라센의 비단으로 비유된다. 그리고 밝은 태양 아래 모습을 드러낸 바다와 육지는 오만한 풍경으로 의인화되어 오전 7시의 절정에 가로눕는 것으로 형상화된다. 이러한 도입부의 신선함은 독자의 눈길을 끌기에 충분했고 이후의 시편이 이러한 긴장감을 계속 유지해갔다면 그것은 한국 현대시사의 매우 개성적인 작품으로 정당한 자리를 차지했을 것이다. 문

제는 이러한 긴장감이 도입부가 지나면 풀어져 버린다는 데
있다.

넥타이를 한 흰 食人種은

니그로의 料理가 七面鳥보다도 좋답니다

살갈을 희게 하는 검은 고기의 偉力

醫師 「콜베-르」氏의 處方입니다

「헬매트」를 쓴 避暑客들은

亂雜한 戰爭競技에 熱中했습니다

슬픈 獨唱家인 審判의 號角소리

너무 興奮하였으므로

內服만 입은 파씨스트

그러나 伊太利에서는

泄瀉劑는 일체 禁物이랍니다

필경 洋服 입는 법을 배워낸 宋美齡 女史

아메리카에서는

女子들은 모두 海水浴을 갔으므로

빈 집에서는 望鄕歌를 부르는 니그로와

생쥐와 둘도 없는 동무가 되었습니다

　•「市民行列」 일부

위의 인용은 『기상도』의 전개 단락이 시작하는 도입부다. 이 구절에 대해 "'넥타이를 한 흰 食人種'과 '헬매트를 쓴 避暑客들', '內服만 입은 파씨스트' 등 별로 관계가 없는 이미지가 계속 배열되고 있는데, 이 사이에는 아무런 논리적 관련성도 주어져 있지 않다"[46]는 지적도 있었지만, 내적 연관성이 전혀 없는 것은 아니다. 여기 열거된 장면은 다섯 개의 항목으로 요약된다.

첫 대목은 백인들의 흑인 착취 및 학대인데, 흑인들의 노동력을 이용하고 그 착취의 기반 위에서 세력을 확대해가는 백인들을 "넥타이를 한 흰 식인종"이라고 풍자하였다. 여기에는 백인우월주의에 대한 비판도 포함되어 있다. 두 번째 대목은 전쟁이 벌어지는 상황을 자신과는 무관한 것으로 방관하는 일부 서구인들의 태도를 풍자한다. 전쟁을 중재해보려고 애쓰는 사람을 "슬픈 독창가인 심판"으로 비유한 것도 재미있는 표현이다. 세 번째 대목은 이탈리아의 파시스트에 대한 풍자인데 파시스트를 내복만 입은 사람으로 희화화한 것이 재미있다. 이것은 이탈리아 파시스트의 조급성과 저돌성을 풍자한 것이다. 그리고 이탈리아에서는 설사제가 금물이라는 것은 이탈리아의 엄격한 감시 체제하에서는 속시원히 마음을 털어놓는 것이 불가능하다는 사실을 돌려 말한 것이다. 네 번째 대목은 중화민국 송미령 여사의 의상 변화에 대한 얘기인데 이것은 중국에서 일어나는 문화적 · 사회적 변동상을 압축한 표현이다. 즉 중국 귀족의 후예인 송미령 여사도 시대의 변화에 따라 결국은 양장을 착용하게 되었다는 말이다. 다섯 번째 항목은 미국의 풍경인데, 급변하는 세계정세 속에서도 미국사람들은 여유 있게 바캉스를 즐기고 있음을 풍자하였다.

이 풍자의 대목들은 그 속에 담긴 비판의 강도가 어떻든 간에 우리에게 흥미롭게 전달되는데 그것은 유머와 위트의 감각이 살아 있기 때문이다. 이 단계까지는 거리를 두고 대상을 관찰하는 풍자의 감각이 유지되었다고 볼 수 있다. 그리고 이 정도의 풍자가 성공할 수 있었던 것은 여기 제시된 세계의 풍경들이 김기림이 익숙하게 알고 있는 정세였기에 가능했을 것이다. 자신이 충분히 주무를 수 있는 대상이기에 여유와 거리감을 가지고 풍자할 수 있었던 것이다. 그러나 이러한 풍자의 감각이 당대적 상황인식을 상실할 경우 다음과 같은 경박한 희화로 튕겨나가고 만다.

　　大中華民國의 將軍들은
　　七十五種의 勳章과 靑龍刀를
　　같은 풀무에서 빚고 있습니다.
　　"엑 군사들은 무덤의 방향을 물어서는 못써. 다만 죽기

만 해. 그때까지는 鴉片이 여기 있어. 大將의 命令이야……
　엇둘……둘……둘"

"大中華民國의 兵卒貴下
부디 이 빛나는 勳章을 貴下의 骸骨의 肋骨에 거시고
쉽사리 天國의 門을 通하옵소서. 아멘.
엇둘
엇둘"
　•「대중화민국 행진곡」 전문

이 시의 일부는 1934년 1월 3일『조선일보』에 발표한「航
海의 一秒前」이라는 제목의 시에 들어 있던 것인데『태양의
풍속』에 위와 같은 형태로 개작 수록되었다.『조선일보』에는
"大中華民國의 將軍들은 勳章과 軍刀를 가튼 풀무에서 빗고
있다/아마 兵士들의 骸骨들이 肋骨에걸고/天國의門을 쉽사리
通하기위해선가보다"라고 서술형으로 제시되어 있다.『태양
의 풍속』에 수록되면서 야유의 정도가 더 높아진 것을 알 수
있다.

　이 시는 전쟁 준비를 위해 무기를 만들고 병사를 훈련시키
는 중화민국의 정세를 풍자한 것이다. 한때 동북아시아의 광
활한 대륙을 지배했던 중국은 열강들의 이권침탈 이후 수세

에 몰리고 자체 내의 내분에 의해 국력이 약화되어 1931년의 만주사변 이후 일본에게 몰리는 처지에 놓여 있었다. 말하자면 1934년의 국제정세 속에서 중국은 우리와 거의 비슷한 운명에 처해 있었던 것이다. 그런데 김기림은 이러한 역사적 맥락을 도외시한 채 병력 운영의 불합리성, 장군들의 봉건적 고루함, 병사들에 대한 일방적 희생 요구 등의 장면을 열거하며 한때 강국이었던 중국이 약소국으로 전락해가는 모습을 풍자하고 있다. 여기에는 중국·조선·일본으로 이어지는 동북아시아 오천 년 역사 전개에 대한 이해라든가 당대의 일본을 축으로 한 국제정세의 변화에 대한 감각이 결여되어 있다. 그야말로 저널리스트적 경박성이 재기 있는 "풍자나 야유"⁴⁷⁾로 장식되어 있을 뿐이다.

『기상도』에 반복되어 나오는 외국어라든가 해외의 시사정보는 저널리스트 김기림이 지닌 현학주의의 노출이다. 자기의 온 상식을 들어 태풍 전야와 같은 세계의 음울한 풍경을 호기 있게 점묘해 가던 김기림은 뒤로 갈수록 풍자의 기색이 무디어지면서 시의 결말부를 다음과 같은 근거 없는 낙관으로 끝내고 만다.

나의 生活은 나의 薔薇
어디서 시작할 줄도

언제 끝날 줄도 모르는 나는

꺼질 줄이 없이 불타는 太陽

大地의 뿌리에서 地熱을 마시고

떨치고 일어날 나는 不死鳥

叡智의 날개를 등에 붙인 나의 날음은

太陽처럼 宇宙를 덮을게다

아름다운 行動에서 빛처럼 스스로

피어나는 法則에 引導되어

나의 날음은 즐거운 軌道 우에

끝없이 달리는 쇠바퀴게다

•「쇠바퀴의 노래」일부

어떻게 자신의 생활을 장미라고 하고 자신의 존재를 불사
조라고 여겼는지 모르겠으나 『기상도』의 대미(大尾)는 이처
럼 힘찬 쇠바퀴의 울림으로 장식된다. 불사조의 날개를 펼치
고 태양처럼 우주를 덮을 듯 비상하는 자신의 모습이라든가,
아름다운 행동에서 피어나는 법칙에 인도되어 즐거운 궤도
위를 달리는 철마의 꿈은 장엄한 정열을 불사르는 듯하다.
가혹한 시대에 이처럼 장려한 희망을 펼쳐낸 것은 어둠을 떨
쳐내려는 의지를 형상화한 것으로 해석할 수도 있다. 그러나
그 낙관과 전망의 근거가 불투명하다는 점에서 이것은 장시

의 마무리를 짓기 위한 장식적 결구에 해당한다는 느낌을 지울 수 없다. 이상처럼 자학의 극한에 서는 것, 현대적 퇴폐의 극단으로 치닫는 것은 균형 잡힌 교양인 김기림에게 허용되지 않는 일이었다. 아무리 근거 없는 형태라 하더라도 그는 희망과 낙관으로 장시 「기상도」를 끝맺는 길을 택하였다.

이 시기에 김기림은 소설 작품 세 편을 발표하기도 했는데, 「어떤 인생」[48], 「繁榮記」[49], 「鐵道沿線」[50]이 그것이다. 이 작품들은 모두 그의 고향인 함경도의 어촌이나 농촌을 배경으로 하고 있으며 당대 식민지 현실의 궁핍상과 사회적 변화상을 비교적 충실하게 그려낸 작품으로 평가된다.[51] 희곡에서 시도한 현실인식의 비판적 표출을 소설을 통해 다시 시도한 셈인데 그의 소설은 더 이상 지속되지 못하고 이 세 편으로 끝나고 만다. 그러나 그가 희곡과 소설에서 보여주었던 현실적 삶에 대한 관심과 사회적 지향은 그의 시론에서 간접적인 양상으로 모습을 드러내게 된다.

한편 김기림은 평론가로서 원론비평과 실제비평 양면에 걸쳐 적극적인 활동을 벌였다. 원론비평의 국면에서 '전체로서의 시'를 주장하고 비평의 과학화를 도모한 것은 이 시기의 중요한 성과다. 전자의 주장은 「現代詩의 技術」[52]에서 처음 발의되었고, 후자의 노력은 「現代批評의 딜레마」[53]에서 비롯되었다. 원론비평에 해당하는 평론은 1934년 이후 특히 많이 발표되었는데 주로 시의 정신과 현대적 기법에 대한 논의에 집중되었다.

「현대시의 기술」도 이미지를 통한 시의 회화적 기법에 대한 논의가 중심을 이루고 있다. 그러나 결론 부분에 이르러 시의 음악성이나 회화성 어느 하나만을 주장하는 것은 잘못된 것이며 "이제부터의 시인은 선인들의 노력에 의하여 발견한 새로운 방법들을 종합하여 한 개의 전체로서의 시를 파악하여야 할 것"이라는 견해를 피력한다. 여기서 "선인들의 노력에 의하여 발견한 새로운 방법들을 종합"한다는 말을 주목할 필요가 있다. 김기림은 새로운 창조보다는 새로운 방법의 종합에 더 관심을 두고 있는 것이다. 그만큼 그는 현실변혁적인 인물은 되지 못했던 것이다. 새로운 방법을 종합한 전체로서의 시를 쓸 것을 주장했던 그는 이 논의를 다시 발전시켜 「시에 있어서의 技巧主義의 反省과 展望」[54]에서 전체로서의 시는 새로운 방법을 종합 통일할 뿐만 아니라 "그 근저에 늘 높은 시대정신이 연소하고 있어야 할 것"이라는 한층 진전된 이론을 펼쳐내었다. 이 글은 임화의 기교주의 논쟁에 앞서 김기림 스스로 기교주의를 반성하면서 "자발적으로 문학의 방향을 선회한" 평론으로 평가된다.[55]

「현대비평의 딜레마」에서는 20세기를 과학의 시대요 비평의 시대로 규정한 후 비평이라고 하는 것은 '작품에 관한' 비평, 즉 실제비평이 주가 되어야 한다고 주장하였다. 실제비평이라고 하여 주관적·인상적인 비평이 되어서는 안 되고 작품을 구성하고 있는 계기를 분석하고 상호간의 관계와 부분과 전체의 관계를 구명해내는 과학이 되어야 한다는 주장을 피력한다. "비평은 철학이기 전에 과학이어야 할 것이다"라는 것이 이 평론의 기본명제가 된다. 비평의 과학화를 염두에 둔 그의 발언과 그것에 따른 노력은 제2차 일본 유학을 거치면서 더욱 심화되어 과학적 비평의 수립으로 이어진다.

실제적인 현장비평으로 특기할 것은 조선일보에 같이 근무하고 있었던 백석이 시집 『사슴』을 출간하자 그 시집에 대한 평을 발표한 일이다. 그는 『조선일보』[56]에 발표한 「『사슴』을 안고」라는 글에서 시집 『사슴』이 동화와 전설의 나라, 향토(鄕土)의 얼굴을 보여주면서도 그것이 회상적 감상주의(感傷主義)나 복고주의(復古主義)에 빠지지 않았다는 점을 높이 평가하고 있다.

완두빛 '더블 브레스트'를 제끼고 寒帶의 바다의 물결을 연상시키는 검은 머리의 '웨이브'를 휘날리면서 광화문통 네거리를 건너가는 한 청년의 풍채는 나로 하여금 때때로 그 주위를 몽파르나스로 환각시킨다. 그렇건마는 며칠 전 어느날 오후에 그의 시집 『사슴』을 받아 들고는 외모와는 너무나 딴판인 그의 육체의 또 다른 비밀에 부딪쳤을 때 나의 놀램은 오히려 당황에 가까운 것이었다. (……)

시집 『사슴』의 세계는 그 시인의 기억 속에 쭈그리고 있는 동화와 전설의 나라다. 그리고 그 속에서 실로 속임없는 鄕土의 얼굴이 표정한다. 그렇건마는 우리는 거기서 아무러한 회상적인 감상주의에도, 불어오는 복고주의에도 만나지 않아서 더없이 유쾌하다.

백석은 우리를 충분히 哀傷的이게 만들 수 있는 세계를 주무르면서 그것 속에 빠져서 어쩔 줄 모르는 것이 얼마나 추태라는 것을 가장 절실하게 깨달은 시인이다. 차라리 거의 鐵石의 냉담에 필적하는 不拔한 정신을 가지고 대상과 마주선다.

그 점에 『사슴』은 그 외관의 철저한 향토 취미에도 불구하고 주착없는 일련의 향토주의와는 명료하게 구별되는 '모더니티'를 품고 있는 것이다.[57]

이 평문은 백석 시의 정수를 비교적 정확하게 포착하여 그 가치를 평가한 글이다. 백석의 시에 대해, 시인의 기억에 남은 풍물과 어린 날의 회상을 무질서하게 나열하여 결과적으로 "외면적으로는 형식의 난잡"을, "내면적으로는 인식의 천박"을 노정하고 말았다고 부정적으로 평가한 오장환의

「백석론」[58]과 비교해보면 작품을 더 정확하게 이해하고 작품의 세부를 한층 더 애정 있게 바라본 평문임을 알 수 있다. 몇 년이 지나서 같은 주지주의 계열의 비평가 최재서가 백석의 시에 대해 쓴 평문에서 다음과 같이 모호하고 유보적인 태도를 취하는 것과 비교해볼 때에도 김기림의 비평적 안목이 매우 뛰어나다는 사실을 확인할 수 있다.

　相當한 力量을 가지고 꾸준이 詩作을 發表하건만 한번도 그 作品을 正面으로 問題삼아 주는 사람이 없는 그러한 詩人이 往往히 있다. 白石氏가 그러한 詩人이다. 그것은 結局 그 詩를 어떤 카테고리에 넣고 評하여 좋을는지 모르기 때문이다. 「木具」 『文章』만 하여도 무엇이 들어 있기는 하는 것 같은데 그것이 確實히 무엇인지, 또 그것이 詩材로서 價値있는 것인지 全然 無價値한 것인지 얼른 判斷하기가 어렵다. 이런 角度에서 白石氏를 全面的으로 取扱할 사람은 없는가?[59]

이렇게 볼 때 1934년에서 1935년에 이르는 기간은 시인으로서 소설가로서 또 비평가로서 그의 역량이 유감없이 발휘되었던 그의 문학의 황금기라고 할 수 있다. 『태양의 풍속』의 토대가 된 대부분의 작품이 1934년에 발표되었으며 1935년에는 장시 「기상도」를 여러 지면에 발표하여 시집 출간의 기초를 닦았다. 현실비판 정신을 담은 소설 세 편을 발표하여 사회성의 기초를 더욱 확고히 하였으며 '전체로서의 시', '과학적 비평'의 개념을 제시하여 원론비평의 내용과 형식을 한 단계 높이는 작업을 했다. 일제강점기에 이렇게 다양하고 적극적이고 활발한 문학활동을 보여준 문인은 김기림 외에는 거의 없다고 해도 과언이 아니다.

제2차 일본 유학과 문학관의 변화

그러면 이러한 문학활동의 절정기, 생애의 황금시기에 갑자기 문단을 떠나 일본행을 감행한 이유는 무엇인가? 시집 『기상도』 간행이 미완의 일로 남아 있었고 시집 『태양의 풍속』 간행도 미뤄진 상태에서 1936년 4월 스물아홉의 나이로 아내와 두 아이를 남겨둔 채 일본 유학에 오른 이유는 무엇일까?

앞에서 살펴본 대로 1930년부터 시를 써 온 김기림은 1934년에 그동안의 작품을 묶어 시집 출간을 계획했으나 뜻을 이루지 못했고, 1935년에 「기상도」를 연재하여 장시 형식의 작품도 시도해보았다. 그러니까 그는 이미 시집 두 권 분량의 작품을 써 온 셈인데 그 시들이 현대적 감각을 드러내기는 했지만 비평가인 그의 안목으로 볼 때에도 만족할 만한 수준에 이르지는 못한다고 판단되었을 것이다. 그리고 역시 앞에서 살펴본 대로 그가 1929년에 졸업한 니혼대학 전문부라는 과정이 전공이 뚜렷한 대학이 아니라 교양학부 비슷한 수준이었기 때문에 정식으로 전공이 확실한 대학과정을 밟아보고 싶은 생각이 들었을 것이다. 말하자면 문인으로서 자기 세계를 갱신해보겠다는 의지와 체계적인 공부를 해보고 싶다는 의식이 그를 두 번째의 일본 유학으로 이끌었던 것이다. 그의 아내와 두 아이는 고향 임명동에 있었기 때문에 그가 휴직을 하고 일본 유학을 가는 데 그것이 걸림돌이 되지는 않았다.

유학을 결심한 그는 신문사에 자신의 뜻을 전하고 곧바로 유학을 위한 준비에 들어갔다. 김기림이 유학의 뜻을 내비치자, 당시 조선일보사 사주였던 방응모는 선뜻 장학금 지원을 제의했다. 김기림 같은 재능 있는 기자를 놓치고 싶지가 않았던 것이다. 그러나 김기림은 이 제의를 정중하게 사양했다. 장학금을 지원받게 되면 유학을 마친 후 조선일보사에 예속되지 않을까 염려했기 때문이다. 더군다나 그는 고향에 상당한 재력이 있었기 때문에 남의 도움을 받을 필요가 없었다. 김기림의 의중을 알아차린 방응모는 김기림에게 조건 없는 장학금 지원의 뜻을 다시 전했다고 한다. 방응모가 나중에 어떤 의무를 부과하지는 않았지만 김기림은 장학금을 받았다는 의무감 때문에 도호쿠제대 졸업 후 보성전문과 연희

전문에 교수로 초빙되었으나 응하지 않았다고 한다. 그는 조선일보사에 복직하여 사회부장이 되었고 『조선일보』가 강제 폐간될 때까지 근무하였다.

김기림은 도쿄에 있는 사립 명문 와세다대학과 혼슈 북부 미야기현의 센다이에 있는 도호쿠제국대학을 택하여 입학 요청을 하였고 두 곳에서 다 입학 허가를 받았는데 결국 국립인 도호쿠제국대학을 선택하였다. 체계적인 공부를 위해서는 자유로운 분위기의 사립대학보다는 국가 엘리트 양성을 목표로 하는 제국대학이 훨씬 적합한 학교라고 생각했을 것이다. 그리하여 1936년 4월, 조선일보사 후원으로 설립된 정상장학회의 장학생 자격으로 도호쿠제국대학 법문학부 영문학과에 입학하게 된다.

당시 제국대학은 국가에서 직접 지원하는 학교이기 때문에 여러 가지 면에서 뛰어난 장점이 있었다. 도호쿠제국대학은 1907년 창설되었으며 처음에는 농과대학을 중심으로 출범하여 이과대학과 의과대학이 개설되었다. 그 뒤 농과대학은 분리되고 1919년 이학·의학·공학의 세 학부가 구성되었으며, 1922년에 법문학부가 생겼다. 지금 도호쿠제국대학의 학적부가 남아 있지 않기 때문에 정확히는 알 수 없지만, 그는 니혼대학 전문부를 졸업한 학력이 있었기 때문에 2학년으로 입학하여 3년 만에 졸업한 것으로 추측된다. 『조선일보』에서 받는 장학금 외에 고향에서 별도의 학비가 조달되었기 때문에 여유 있는 생활을 하며 수학할 수 있었다.

그가 1936년 12월 6일에 쓴 것으로 되어 있는 「殊方雪信」[60]에는 이러한 내용이 나온다. 향나무 가지에 첫눈이 무겁게 쌓이는 아침 6첩 다다미를 깐 방에 앉아 서울의 정상장학회에서 보내온 이은상의 비감 어린 저서 『無常』을 받고 객수에 잠긴다. 그는 우편배달 시간마다 선배와 벗들의 편지가 저도 모르게 기다려진다고 고백한다. 때로는 '에브리맨' 문고의 영문판 『플라톤』을 끼고 다이넨지(大年寺) 숲길을 거닐기도 하고 셸리(P. Shelley)의 「서풍부」(西風賦)를 떠올리며 셸리에 필적할 만한 작품은 쓰지 못한 채 부질없이 서풍에 부치는 서투른 수필을 쓰고 있다고 탄식한다. 그러면서도 그는 아침마다 덴마크 체조로 몸을 단련하고 겨울이 오면 '스케이트'도 찾아내서 녹을 닦을 생각도 한다. 그는 이미 「스케이팅」[61]이라는 시에서 스케이트의 속도와 기술을 예찬하며 자신이 바로 빙판 위를 달리는 '속도의 기사(騎士)'라고 외친 바 있다. 그는 눈과 얼음의 나라 센다이의 겨울을 보내며 빙판 위를 달리는 속도의 기사가 될 것을 다시 꿈꾸는 것이다. 그만큼 그의 도호쿠제대 유학 기간은 일본 북부지역의 이국 정취와 영문학의 이국적 분위기에 휩싸인 동경과 탐닉의 시간이었다.

이때의 수학 과정에서 그는 영국의 모더니즘과 정식으로 만나게 된다. 이때의 지도교수는 영문학 전공의 도이고치(土居光知)였으며, 외국인 교수로 호치슨이 있었고, 리처즈(I. A. Richards, 1893~1979)의 제자인 엠프슨(W. Empson)이 교환교수 자격으로 건너와 있었는데, 김기림도 그의 강의를 들은 적이 있다고 한다. 말하자면 그는 흄·엘리엇·리처즈·엠프슨 등 영국 모더니즘의 원문을 접하게 되고 그 이론과 작품을 수용하게 되는 것이다.

이러한 독해와 학습을 통하여 그 이전까지 단편적이고 피상적인 수준에 머물렀던 근대문명에 대한 인식을 체계화하고 조직화해서 흡수할 능력을 지니게 된다. 그뿐 아니라 모더니즘에 대한 막연한 동경이나 선망에서 벗어나 그것에 대한 반성적 이해를 할 수 있게 된다. 또 엠프슨의 강의를 통해 평소 관심을 가져왔던 영국의 문예비평가 리처즈의 문예이론에 대해 체계적으로 공부할 기회를 얻는다. 그는 3년을 수학한 후 영문과 도이고치 교수의 지도로 리처즈의 시론에 대한 연구를 자신의 학부 졸업논문으로 제출하게 된다.[62]

함경북도에서 성장한 그는 센다이의 북방적 풍정이 마음에 들었던 것 같다. 그가 『바다와 나비』에 「동방기행」이란 소제목으로 묶어 수록한 시편들은 바로 센다이 유학 시절에 써둔 기행시편들이다. 그는 센다이 주변의 명승지와 고적을 돌아보면서 여러 편의 작품을 썼는데 거기에는 그 당시 김기림의 착잡한 심경이 잘 나타나 있다.

함뿍 비에 젖은 나룻배 燈불 하나
저무는 바다를 오락가락 밤을 짭니다.

소라처럼 슬픔을 머금고 나도
두터운 沈默의 껍질 속으로 오무라듭니다.

• 「鎌倉海邊」 전문

한밤 숨을 죽이고 엎드린 湖水 위에
으시시 가을이 추워 등불이 소름친다.

달아래 두 볼이 홀죽한 나그네더러
딱한 異國의 少女는 기어히
웃음을 두고온 데가 어디냐고 물어댄다.

'祖國이 아닌 祖國. 먼 希望의 무덤에―'
그림 파는 少女는 아모래도 '키네마'보다는
자미없는 얘기라 하면서 돌아선다.

• 「中禪寺湖」 전문

이 지리한 장마가 언제나 갤까— 하고 天氣豫報만 뒤저
보는 날

　버려둔 鐵筆이 비뚜루 필통에 꼬처 녹이 쓸었다.

　　기둥이고 싶지는 않었으랴

　　날개고 싶지는 않었으랴

　　총부리고 싶지는 않었으랴

　보미긴 鐵筆을 물어 뜯으며 뜯으며

　窓밖에 찌푸린 장마를 흘겨보는 아츰

　新聞엔 또 이웃나라에 난리가 소란타 했다.

　•「仙臺」전문

　이 시편들을 보면 김기림이 센다이에서 공부하고 있을 때
의 실향의식과 객수의 정서를 읽을 수 있다. 고국을 떠나 먼
이국에서 느끼는 외로움과 까닭 모를 비애의 감정이 밤바다
의 등불이라든가 사나운 장맛비의 형상 속에 표현되고 있다.
소라처럼 침묵의 껍질에 오므라들어 슬픔을 짜내는 고독의
정조가 물씬 풍겨 나온다. 자신의 고향과 조국이 어디인지
스스로도 찾을 수 없다는 방황의 심정과 전란에 휩싸인 어수
선한 국제정세 속에서도 미래의 희망을 찾아 학업을 계속하
려는 만학도의 착잡한 심사가 교차하고 있다. "기둥이고 싶
지는 않었으랴/날개고 싶지는 않었으랴/총부리고 싶지는 않

었으랴"라는 대목에서 암울한 장마를 뚫고 일어서 민족의 기둥으로 우뚝 서고도 싶고 구속에서 벗어난 자유의 몸이 되고도 싶고 적을 겨누는 정의의 총부리가 되고도 싶은 내적 충동이 그의 마음속에 명멸하는 것을 연상할 수 있다. 그러나 이미 늦은 서른 살의 나이. 침묵과 고독 속에 철필을 물어뜯으며 어둠을 견뎌낼 수밖에 없는 김기림의 안타까운 심사를 대하게 된다.

김기림은 원래 여행을 좋아하여 고국에 있을 때도 「인천」, 「동방기행」, 「함경선 5백 킬로 여행풍경」, 「관북기행」 등 기행을 소재로 한 시편을 여러 편 쓴 바 있다. 경성에서 고향인 함경북도로 가는 길이 곧 여행길이었으며 함경도 동해안 일대의 명승지를 답사하는 일이 곧 관광행로였다. 그뿐 아니라 산문으로도 제주도 해녀 심방기인 「생활과 바다」, 「주을온천행」, 「여행」 등 여러 편의 기행수필을 썼다. 그러한 기행의 시상이 이국의 풍정과 결합되고 고국을 떠난 과객의 심사와 연결되어 이국풍정의 기행시를 창작했던 것이다.

1939년 3월 김기림은 도호쿠제대 영문학과를 졸업하고 귀국하게 된다. 졸업논문은 앞에서 밝힌 대로 영국 주지주의 문예비평가인 리처즈의 문학론에 대한 것이었다. 리처즈의 제자인 엠프슨 덕분에 그의 논문 작성은 수월하게 이루어졌을 것으로 짐작된다. 이 논문은 태평양전쟁 때 폭격으로 소실되어 그 내용을 확인할 수가 없지만 해방 후에 그가 출간한 『시의 이해』[63)]에 그 대부분의 내용이 수용되어 있을 것으로 판단된다. 리처즈의 문학론은 모더니즘 문학론으로 알려져 있지만 사실은 심리학과 철학에 연결되어 문학의 원론성과 존재 근거를 밝히는 데 주력한 것이다. 리처즈는 시의 형식적 특성보다는 심리적 효용을, 이미지의 기법적 구사보다는 그것의 실용적 의미를 구명하고자 했다.

이러한 리처즈에 대한 이해가 김기림의 모더니즘에 대한 피상적 이해를 반성하게 하고 시의 사회성과 예술성이 종합된 전체로서의 시를 구상하게 했을 것이다. 그가 도호쿠제대 유학을 통하여 얻은 최대의 성과는 바로 모더니즘의 역사적 위치에 대한 이해를 심화한 것이다. 그것을 통하여 시를 인생이나 사회와 연결지어보는 시야를 획득한 것이다. 그러나 그가 처음에 꿈꾸었던 진정한 시의 창작에 관한 부분은 제대로 충족되지 않았던 것 같다. 그도 그럴 것이 창작이라는 것이 이론을 많이 공부하면 잘 되는 것이 아니기 때문이다. 그는 3년의 유학생활을 마치고 상당히 지친 상태로 귀국한 것 같다. 그러한 낭패감은 그가 귀국 후 처음 발표한 다음의 작품에 암시되어 있다.

아모도 그에게 水深을 일러준 일이 없기에

흰 나비는 도모지 바다가 무섭지 않다.

靑무우밭인가 해서 나려 갔다가는
어린 날개가 물결에 절어서
公主처럼 지쳐서 돌아온다.

三月달 바다가 꽃이 피지 않아서 서거픈
나비 허리에 새파란 초생달이 시리다.
　•「바다와 나비」 전문

　이 시에 대해 스펜더(Stephen Spender)의 「바다 풍경」
(Seascape)과의 유사성을 검토한 비교문학적인 연구도 있
었지만[64], 여기에는 김기림 개인의 체험이 짙게 투영되어 있
다. "김기림이 제2차 일본 유학을 끝내고 돌아온 1939년 식
민지 조선에서는 친일의 분위기가 급속하게 팽창되고 있었
다."[65] 이 시는 1939년 4월 『여성』지에 발표되었는데, 김기
림이 일본 유학기간인 3년간의 공백을 깨뜨리고 발표한 첫
작품이다. 그 전의 김기림의 시는 철도의 속도감을 예찬한다
든가 새것을 찾아 돌진하는 신기추구의 생동감을 보여주었
다. 그리고 가벼운 재치에 편승한 시사풍자적인 시도 발표하
였다. 그런데 이 작품에는 유학을 마치고 돌아오는 지식인의

피로감이랄까 생활인의 지친 모습이 반영되어 있어서 그전의 작품과 차이를 보인다.[66]

이 시의 제목인 '바다와 나비'는 각각 다른 대상을 나타내는 비유의 매개항이다. '바다'가 새로운 세계라면 '나비'는 새로운 세계를 향해 돌진한 주체가 된다. 바다가 삶의 영역 전체라면 나비는 삶의 의미를 탐구하는 존재의 의미를 지닌다. 그런데 바다라는 공간은 너무 넓고 나비라는 존재는 너무 연약해서 대비가 된다. 우선 바다에 나비가 날아다닌다는 상황부터가 일상의 논리로는 가능하지 않은 일이다. 나비는 장다리밭을 날아다녀야 제격이지 않은가. 그런데 아이러니컬하게도 나비가 바다로 뛰어든 것이다. 나비는 바다가 얼마나 깊은지 알지 못하기 때문에 아무런 두려움도 없이 바다 위를 날아간다. 바다의 푸른빛이 푸른 무밭으로 보여서 내려갔는지는 모르지만 결국 바다 물결의 습기에 날개가 젖어 지친 모습으로 돌아온다. 바다에는 무밭도 노란 꽃도 없었던 것이다. 바다에서 꽃을 발견하지 못하고 돌아오는 나비 허리에 새파란 초승달이 비칠 뿐이다.

그런데 "나비 허리에 새파란 초생달이 시리다"는 구절은 참신한 감각성이 돋보이는 표현이긴 한데, 현실적으로는 불가능한 상황이다. 초승달은 초저녁에 서쪽 하늘에 잠깐 보이기 때문에 희미하게 나타날 뿐이지 새파란 모습으로 보이는 일은 없다. '새파란'이 초승달의 날카로운 모습을 색깔로 표현한 말이라고 이해한다 해도 나비가 초승달이 뜰 초저녁까지 바다 위를 날아다닐 가능성은 없다. 더군다나 3월은 나비가 날아다닐 계절로도 너무 이르다. 그러므로 이 나비는 실제의 나비가 아니라 김기림 자신을 비유한 것으로 보아야 할 것이다. 일본 유학을 마치고 3월에 현해탄을 건너 돌아오는 김기림의 눈에 초승달이 비쳤을 것이고 거기서 새파란 초승달 아래 바다를 날아가는 나비의 애처로운 모습이 연상되었을 것이다. 그는 바다와 나비의 관계를 통하여 새로운 세계에 뛰어들었던 자신의 모습을 나타내고자 한 것이다.

그는 1936년 『조선일보』에 사표를 내고 스물아홉의 나이로 일본 유학을 떠났다. 이미 니혼대학 전문부를 졸업한 학력을 갖고 있고 신문기자로 또 시인으로 자신의 발판을 굳힌 스물아홉 살의 가장이 직장까지 버리고 유학을 떠난다는 것은 그렇게 단순한 일이 아니다. 여기에는 상당한 위기의식이 작용하였을 것이다. 아무리 노력을 해도 원하는 시가 쓰여지지 않고 이론공부에 전념을 해도 창작의 진경이 보이지 않을 때 모든 것을 버리고 새로운 길을 뚫겠다는 생각이 떠오를 것이다. 그가 생각한 것은 정식 대학에서 영문학을 체계적으로 공부하는 일이었다. 새로운 환경에서 새로운 공부를 하면 거기서 문학의 새로운 길이 열리지 않을까 하는 생각이 들었던 것이다.

그래서 일본으로 건너가 체계를 갖춘 대학인 제국대학에 입학하여 문학이론과 창작의 보고라고 생각한 영문학을 공부하였다. 그러나 시를 공부하고 문학이론을 공부한다고 해서 시를 잘 지을 수 있는 것은 아니다. 어떻게 보면 시의 창작은 천부적인 재능에 더 많이 의존한다고 할 수 있다. 김기림은 학업 과정에서 여러 번 좌절의 경험도 가졌을 것이고 자기반성의 시간도 많이 가졌을 것이다. 그는 영문학이 무엇인지 영문학과가 무엇을 공부하는 것인지 명확히 파악하지 못한 상태에서, 막연히 문학을 더 공부해야겠다는 생각으로 유학의 길로 나아간 것이다. 이것은 수심을 모르고 겁 없이 바다에 뛰어든 나비의 경우와 흡사하다.

그는 문학이라는 것, 혹은 시 창작이라는 것을 대학에서 외국문학을 배우고 이론을 공부하면 훌륭히 해낼 수 있는 것이라고 생각했을지 모른다. 그러나 대학의 문과에서 공부를 해 본 사람이라면 이 생각이 얼마나 터무니없는 것인지 금방 알아차릴 수 있다. 말하자면 그는 바다를 청무밭으로 알고 내려갔다가 물결에 날개가 젖어서 지쳐 돌아오는 나비의 신세였던 것이다. 그러나 한번 떠난 유학의 길이었으니 정해진 과정을 밟고 졸업장을 받을 수밖에 없었다. 돌아오는 현해탄 뱃길 위에서 그의 내면은 더할 수 없이 초라하였다. 제국대학 영문학과 출신으로서의 자신감은 전혀 없었다. 3년 동안 영문학을 공부하였으나 영어 실력만 늘었을 뿐 감수성은 오히려 퇴보한 듯 창작에는 더욱 자신이 없었다. 이런 까닭에 초저녁 하늘에 떠 있는 초승달에 오히려 한기를 느끼며 그 초승달을 새파랗다고 인식하였다. 그러한 사고와 인식이 이 한편의 시에 고스란히 담겨 있다.

그런데 이 시는 김기림의 위기의식이 그대로 반영된 것이기에, 다시 말하면 그의 내면이 정직하게 드러난 것이기에 한 편의 시로서 큰 울림을 갖는다. 경박하고 허세에 찬 기교 위주의 과거 시들과는 질적으로 구분된다. 시가 성공하려면 시인의 자의식이 강하게 작용해야 한다는 창작의 진실을 여기서도 다시 한 번 확인하게 된다. 자신의 모습을 정직하게 인식할 때 시의 기교도 표현의 대상과 어울리는 양상으로 정착되는 것이다. 기교와 인식은 이렇게 긴밀한 관계를 맺고 있다.

그러면 이 시는 김기림의 개인적 체험을 드러내는 데 국한되는 것이냐 하면 그렇지 않다. 여기에는 새로운 세계를 추구하는 자가 필연적으로 마주치게 되는 운명적 절망감이 나타나 있다. 그만큼 이 시는 주제의 보편성을 획득하고 있는 것이다. 사람이라면 누구든 새로운 세계를 찾아가려는 욕망을 지닌다. 그래서 대상세계에 대한 지식도 없이 당돌하게 새로운 세계에 몸을 던진다. 그리하여 그는 사랑을 할 수도 있고 정치를 할 수도 있고 문학을 할 수도 있으리라. 그러나 결국 그는 자신의 뜻을 다 이루지 못한 채 지친 모습으로 돌아올 수밖에 없다. 삶의 의미를 탐구하는 인간은 결국 삶의 넓이에 압도되어 절망하고 만다. 이것이 인간 범사의 보편적 논리임을 시인은 깨달은 것이다. 또한 이 시에 그러한 보편성이 내재해 있기에 우리는 이 시에서 우리 자신의 모습까지 상상하게 되는 것이다.

그런데도 이 시의 구조가 지극히 단순하여 더 이상의 주제의 심화는 허용하지 않는다는 사실도 우리는 발견하게 된다. 이 시는 김기림이 기교의 차원을 넘어서서 인식의 단면을 보여준 성공적인 예이지만 기교로 시를 써 온 그의 관습이 인식의 심화를 제약하고 있는 것이다. 시 창작에서 자기한계를 넘어서는 것이 그렇게 쉬운 일이 아님을 여기서 다시 한 번 확인할 수 있다.

귀국 후 그는 『조선일보』 사회부장의 중임을 맡아 신문사 일을 보면서 계속 시를 발표하였고 5년 전에 출간하려 했으나 뜻을 이루지 못했던 실제적인 첫 창작시집 『태양의 풍속』의 간행을 계획하였다. 시집 『기상도』의 편집과 장정을 정성껏 맡아주었던 이상도 이제는 세상을 떠나고 없었다. 조선일보 사회부장이라는 사회적 지위와 이미 시단의 중진으로 자리 잡은 문학적 위상 때문에 시집을 내는 것은 어렵지 않았다. 이 시집은 1939년 9월 학예사에서 간행되었다.

이해에 장남 세환의 서울 취학을 위해 서울 종로구 충신동에 자택을 마련하여 부인과 자녀들을 임명동에서 올라오게 하였다. 이때 그에게는 장남 세환, 장녀 세순, 차남 세윤 등 세 아이가 있었고, 이듬해 7월에 차녀 세라를 또 얻게 된다.

일본에서 귀국한 후 처음 발표한 「바다와 나비」가 그의 시 변화의 중요한 분기점에 놓인 작품이듯이 귀국 후 처음 발표한 본격적인 평론 「모더니즘의 역사적 위치」는 그의 문학관이 어떻게 변했는가를 단적으로 드러내는 평문이다.

그러나 모더니즘은 30년대의 중쯤에 와서 한 위기에 다닥쳤다. 그것은 안으로는 모더니즘의 말의 重視가 이윽고 그 말류의 손으로 언어의 말초화로 타락되어가는 경향이 어느새 발현되었고, 밖으로는 그들이 명랑한 전망 아래 감수하던 오늘의 문명이 점점 심각하게 어두워가고 이지러져가는 데 대한 그들의 시적 태도의 재정비를 필요로 함에 이른 때문이다.

이에 시를 기교주의적 말초화에서 다시 끌어내고 또 문명에 대한 시적 感受에서 비판으로 태도를 바로잡아야 했다. 그래서 사회성과 역사성을 이미 발견된 말의 가치를 통해서 형상화하는 일이다. 이에 말은 사회성과 역사성에 의하여 더욱 함축이 깊어지고 넓어지고 다양해져서 정서의 진동은 더욱 강해야 했다.

　全詩壇的으로 보면 그것은 그 전대의 경향파와 모더니즘의 종합이었다. (……) 그래서 시단의 새 진로는 모더니즘과 사회성의 종합이라는 뚜렷한 방향을 찾았다. 그것은 나아가야 할 오직 하나의 바른 길이었다.[67]

우리는 이 글에서 그가 일본에서 배운 리처즈 문학론이 영향을 행사한 흔적을 찾아낼 수 있다. 말, 즉 '언어'에 대한 중시, 시적 '태도'라는 용어, '사회성과 역사성', '함축', '정서의 진동' 등의 용어 사용은 모두 리처즈 문학론의 자장권 내에 속하는 사유의 흔적들이다. 리처즈는 언어의 의미와 용도를 분석하여 문학적 언어가 과학적 진술과 구분되는 독자적 특성이 무엇인가를 구명했으며, 시에 나타난 화자의 태도에 관심을 기울였고, 시의 언어가 함축적 용법을 사용하여 정서를 담아내는 과정을 밝히고자 했다. 리처즈의 문학론을 정교하게 재구성하지는 못했지만 그 문학론의 영향에 의해 시를 보는 그의 태도가 더 유연해지고 사유의 폭이 확장된 것은 사실이다.

그는 언어와 기교를 중시한 모더니즘이 말초적 기교에 치중하게 된 것이 큰 병폐라고 보고 언어의 예술적 가치가 사회성 및 역사성과 결합되기를 바란다고 적었다. 우리 문학사에서는 언어의 예술적 기교를 탐구한 것이 모더니즘이고 사회성을 추구한 것이 경향파이므로 모더니즘과 경향파가 종합되는 것이 우리가 나아가야 할 뚜렷한 방향이라고 못박았다. 이 생각은 자신의 이전 시작 과정을 포함하여 언어기교에만 치중한 모더니즘의 경박성을 스스로 비판하면서 새로운 시의 활로를 모색하는 중요한 발언이다. 물론 그가 생각한 모더니즘과 사회성의 종합이 수학 공식처럼 그렇게 간단한 것은 아니지만 모더니즘의 한계를 스스로 비판하고 사회성과 역사성을 시에 끌어들이려 했다는 것은 문학론에 있어 큰 진전을 보인 것이다.

이 평론은 그의 시론의 전개과정 속에서는 중요한 의미를 지니고 있지만 하나의 시론으로서는 상당한 허점을 노정하고 있는 것이 사실이다. 그는 모더니즘과 사회성이 종합되기를 바랐지만 사회성의 중요한 축인 프로 문학은 이미 퇴조하여 역사의 뒤편으로 밀려나 버린 형국이다. 일제강점기의 억압적 상황에서 진정한 사회성·역사성을 추구하는 것은 거의 불가능한 상태가 된 것이다. 이런 마당에 양쪽의 종합을 통한 새로운 진로를 제창하는 것은 언어의 유희에 그칠 공산이 크다. 바로 이 점 때문에 김윤식 교수도 현실대결 구조가 사상되고 실천이 결여된 추상적 절충론이라고 비판했던 것이다.[68] 이러한 측면에서 보면 그가 강조한 "시대적 양식으로서의 시문학"이라는 말이 갖는 내포적 의미와 문학적 효용성이 상당부분 과장된 것이라는 점을 알게 된다.[69] 이러한 한계를 지니고는 있지만 이 시기 김기림이 보여준 문학론의 변화와 암중모색의 고뇌는 세계정세의 변화와 연관된 것이기에 그 나름의 가치를 충분히 지니고 있다. 문학론만이 아니라 이 시기의 산문을 함께 검토하면 김기림의 "절망감"이 그리 단순한 것이 아님을 알 수 있다.[70]

이런 문학론의 변화에 발맞추어 그의 시도 「바다와 나비」 이후 비교적 뚜렷한 변모를 보인다. 「바다와 나비」는 그의 이전 시와는 달리 피로에 지친 생활인으로서의 맨얼굴을 그대로 보여준 것이다. 여기에는 시에 대한 고정된 관념이 개입한 것이 아니라 삶의 단면이 그대로 수용된 특징을 보인다. 이제 그는 비로소 자신의 삶과 주위의 삶을 돌아보며 이 세상에서 살아간다는 것이 무엇을 의미하는가를 성찰하고자 한다. 「바다와 나비」 이후 발표된 그러한 성격의 작품은 「요양원」[71], 「공동묘지」[72], 「겨울의 노래」[73], 「흰 장미같이 잠드시다」[74], 「못」[75] 등이다.

저마다 가슴 속에 癌腫을 기르면서

지리한 歷史의 臨終을 고대한다.

그날 그날의 動物의 習性에도 아주 익어버렸다.
標本室의 착한 倫理에도 아담하게 固定한다.

人生아 나는 용맹한 포수인 체 숨차도록
너를 좇아 댕겼다.

너는 오늘 간사한 매초라기처럼
내 발앞에서 포도독 날러가 버리는구나.
• 「요양원」 전문

이 시의 첫 연은 음미해볼 만하다. 김기림이 당대의 현실
문제를 두고 이런 식의 발언을 한 적이 거의 없기 때문이다.
저마다 가슴속에 암종을 기르면서 지루한 역사의 임종을 고
대한다고 김기림은 적었다. 그리고 이 시의 제목은 '요양원'
으로 정했다. 말하자면 1939년 9월 한반도의 상황은 대부분
의 사람이 가슴속에 암종을 기르며 요양하고 있는 거대한 병
동이다. 고통스럽고도 지루한 침묵의 상황에서 벗어나 무언
가 새로운 생의 의미를 찾고 싶은 욕망이 꿈틀거리지만 그것
이 행동으로 옮겨지지는 않는다. 사람들은 이 답답한 시대가

끝나기를 괴롭게 기다리고 있지만 지루한 역사의 시간은 아무런 응답이 없이 흘러갈 뿐이다. 이런 상황에서 생을 유지하는 일상적 존재들은 살아 있는 인간이 아니라 결박된 동물 혹은 표본실에 박제된 동물과 같다. 사람들은 그런 굴종과 결박의 생리에 길들여지게 된 것이다. 이런 상황 속에서도 화자는 인생의 의미를 찾기 위해 용맹스런 포수처럼 숨차게 쫓아다녔다고 한다. 그러나 아무리 생의 의미를 찾아 뛰어다녀도 인생은 간사한 메추리처럼 발끝에서 날아가버린다고 탄식한다. 나아갈 지평이 보이지 않는 암담한 상황 속에서도 생의 의미를 찾으려는 몸짓을 포기하지 않는, 그리고 그것 때문에 다시 괴로움이 중첩되어가는 일제강점기 한 지식인의 고뇌가 담긴 작품이다.

日曜日 아츰마다 陽地 바닥에는
무덤들이 버섯처럼 일제히 돋아난다.

喪輿는 늘 거리를 돌아다 보면서
언덕으로 끌려 올라가군 하였다.

아모 무덤도 입을 벌리지 않도록 봉해 버렸건만
黙示錄의 나팔소리를 기다리는가 보아서

바람소리에조차 모다들 귀를 쫑그린다.

潮水가 우는 달밤에는
등을 일으키고 넋없이 바다를 굽어본다.
　•「공동묘지」전문

　앞의 시가 현실상황을 요양원으로 보았는데 이 시는 거기
서 한 걸음 더 나아가 현실을 '공동묘지'로 설정하였다. 바다
가 보이는 언덕에 봉분이 늘어서 있는 공동묘지는 죽음의 공
간이다. 조선일보 사회부장직을 맡고 있는 김기림의 시야에
1939년 10월 한반도의 상황은 공동묘지로 인식된 것이다.
일요일 아침마다 양지에 무덤들이 버섯처럼 일제히 돋아나
는 기괴한 상황은 죽음의 기운이 대지를 물들이는 현실의 정
황을 상징한다. 휴식의 시간인 일요일에, 그것도 햇살 비치
는 양지에, 무덤이 버섯 돋아나듯 새로 생겨난다는 것은 절
망적 상황이 가중되어가는 과정을 상징한다.
　무덤은 의사표현이 완전히 차단된 침묵의 공간이다. 아무
도 입을 벌리지 않도록 봉해버린 공간이 무덤이다. 그런데도
무덤 속에 묻힌 존재들은 아직 완전히 죽음의 세계로 넘어가
지 않고 묵시록의 나팔소리를 기다리면서 바람 소리에조차
귀를 쫑그리며 부활의 앞날을 고대하고 있다. 멀리 바다의

조수가 물결을 일으키면 넋없이 바다를 굽어보며 무덤에서 벗어나 열린 세계로 갈 것을 꿈꾸어 보기도 한다. 이 시 역시 앞의 시와 마찬가지로 암담하고 답답한 당대 현실의 상황을 제시하면서 현실에 대한 깊은 절망감과 거기서 벗어나려는 탈주의 몸짓을 동시에 형상화하고 있다.

이런 시편들은 그의 초기 시편이나 「기상도」 시편과는 달리 시인 자신의 생에 대한 체험과 현실에 대한 인식이 시 창작의 동력으로 작용하고 있음을 보게 된다. 그야말로 시인은 사회성과 형상성의 결합을 실천하고 있는 듯하다. 「기상도」의 결말부에 보이는 근거 없는 낙관은 자취를 감추고 가혹한 시대를 살아가는 지식인의 고민과 고통이 숨김없이 표현되고 있다. 이러한 단계에서 김기림의 시는 추상적인 관념시에서 벗어나 생활의식을 수용한 체험의 시로 변모하게 된다.

일제 말의 상황과 시인의 칩거

암담한 상황은 더욱 가중되어 1940년에 접어들면서 일제의 한민족 탄압은 극에 달했다. 우선 1938년에 조선어 사용 금지령이 공포되어 모든 공식문서와 학교교육에서 조선어 사용이 금지되었다. 1939년 10월에는 전시체제에 대비하여 친일 어용단체인 '조선문인협회'를 구성하는데 김기림의 이름이 발기인 명단에 들어 있지만, 구체적인 활동상황은 보이지 않는다. 『조선일보』 사회부장이라는 지위 때문에 발기인 명단에 이름이 들어가는 것을 거부할 수 없었을 것이다. 1939년 11월에는 창씨개명 법령이 발표되고 1940년 2월부터 8월까지 성을 일본식으로 바꾸는 정책이 시행되어 80퍼센트 정도의 한국인이 이름을 일본식으로 개명했다. 김기림도 일제의 강압에 의해 '곤노'(金野)라는 성으로 개명을 하였다.

그러한 창씨개명이 끝나는 시점인 8월에 한글로 간행해

오던 『조선일보』와 『동아일보』를 총독부 기관지인 『매일신보』로 강제로 합병하여 폐간시켰다. 『조선일보』가 문을 닫자 김기림은 일자리를 잃고 집에 틀어박혀 지낼 수밖에 없었다. 설상가상으로 한 달 전에는 고향 임명동에서 부친 김병연이 세상을 떠나고 말았다. 그 이듬해인 1941년 4월에는 민족문학의 마지막 등불 노릇을 하던 『문장』과 『인문평론』도 폐간되고 말았다. 평소 친분이 있던 『인문평론』 주간 최재서는 총독부의 시책에 호응하여 『국민문학』이라는 이름으로 『인문평론』의 후속지를 내게 된다. 그러나 김기림은 백부로부터 물려받은 민족의식이 마음 깊숙이 남아 있었기 때문에 반민족적인 친일활동에 가담할 수 없었다. 그는 『인문평론』에 글 좀 달라고 부탁하는 최재서의 권유를 뿌리치고 제2의 고향이라고 할 수 있는 서울을 떠나 고향인 임명동으로 귀환하게 된다. 서울에 가족을 불러 집을 마련한 지 2년 만의 일이었다. 이때 발표한 작품이 「못」이다.

> 모─든 빛나는 것 아롱진 것을 빨아 버리고
> 못은 아닌 밤중 지친 瞳子처럼 눈을 감았다
>
> 못은 수풀 한복판에 뱀처럼 서렸다
> 뭇 호화로운 것 찬란한 것을 녹여 삼키고

스스로 제 沈默에 놀라 소름친다
밑 모를 맑음에 저도 몰래 으슬거린다

휩쓰는 어둠 속에서 날〔刀〕처럼 홀김은
빛과 빛깔이 녹아 엉키다 못해 식은 때문이다

바람에 금이 가고 빗발에 뚫렸다가도
상한 곳 하나없이 먼동을 바라본다
• 「못」 전문

민족적 위기에 자신의 실직이 겹친 칩거의 시기에 쓴 시라
서 그런지 여기에는 내면의 힘과 정신의 깊이를 찾으려는 자
세가 나타난다. 초기시의 단계에서 그가 애써 떠나고자 했던
동양적 적멸에 해당하는 침묵의 자세를 긍정적으로 표현하
고 있는 점도 이채롭다. 못은 모든 빛나는 것, 호화로운 것,
찬란한 것을 녹여 삼킨 채 침묵의 자세를 취하고 있다. 그것
은 문화사업의 찬란함을 거두어들이고 침묵을 지키는 『조선
일보』의 비유일 수도 있고, 민족의 역사를 어둠 속에 간직한
채 활동을 멈춘 조국의 현실을 암유하는 것 같기도 하다. 뱀
처럼 수풀 가운데 도사리고 있는 못의 모양은 공포감을 불러
일으킨다. 이 음침한 못의 부정적 묘사는 못이 아니라 늪의

형상에 가깝다는 느낌을 준다.

그러나 못은 찬란한 것을 포기하고 침묵을 지키고 있지만 "밑모를 맑음"을 지니고 있다. 이 시구에서 이 시의 대상인 못은 늪의 부정성에서 떠나 못의 긍정적 의미를 획득한다. 이 시구에는 정신의 심도에 아찔한 전율을 느끼는 시적 자아의 모습도 겹쳐져 있다. 말하자면 못이 지니고 있는 정신의 심도에 화자도 내심 놀라워하는 것이다. 여기 나타난 태도는 분명 침묵과 정신의 깊이를 동일하게 인식하는 태도다. 초기 시에 보이던 신기주의라든가 무정향적 전진주의의 취지는 사라지고 내면에 침잠하여 정신의 깊이를 들여다보려는 태도가 나타난다. 이러한 내면적 침잠의 자세를 통해 어둠 속에 칼날처럼 반짝이는 빛이 포착된다. 어둠이 일제 말의 암담한 상황을 표상하는 것이기에 그것을 시인은 "휩쓰는 어둠"이라는 강력한 동작의 언어로 표현하였다.

광포한 어둠을 뚫고 번쩍이는 칼날 같은 못의 섬광을 포착할 수 있었던 것은 헛된 정열이 소진되고 침묵의 내면공간이 마련되었기 때문이다. 신기주의와 전진주의의 충동이 가라앉으면서 비로소 생의 예지가 싹트기 시작한 것이다. 이 예지는 결국 외부의 시련에 좌우되지 않는 의연한 정신의 자세를 발견하는 데 이른다. 그것은 "바람에 금이 가고 빗발에 뚫렸다가도/상한 곳 하나 없이 먼동을 바라본다"는 마지막 결구로 표현된다. 여기에는 상황에 굴하지 않고 내면의 힘을 지키며 미래의 지평을 내다보는 부동(不動)의 정신이 담겨 있다.

　김기림은 위의 시 「못」과 산문 「東洋에 關한 斷章」[76]을 발표한 후 어떠한 글도 쓰지 않고 고향으로 돌아가 침묵으로 일관하였다. 여기에 대해 "분명한 것은 그가 일본의 식민주의에 대한 강한 저항으로서 이러한 침묵을 선택하였다는 점"[77]이라고 본 적극적 옹호의 논리도 있다. 암울한 절망의 시대 속에서도 무위도식할 수 없었던 김기림은 1941년 고향 근처 경성에 있는 경성중학교의 영어과 교사로 부임하게 된다. 1938년 이후 학제 개편에 의해 고등보통학교는 대부분 중학교로 교명이 바뀌게 되었다. 이 학교에는 그의 도호쿠제대 유학시절 후배였던 김준민(金遵敏)이 교편을 잡고 있었다. 김기림은 그를 통하여 학교에서 학생들을 가르치는 일을 얻을 수 있도록 부탁했던 것이다.

　김준민이 도호쿠제대에 입학했던 1938년에 김기림은 법문학부 영문과 3학년에 재학 중이었으므로 두 사람은 1년간 같은 대학에서 수학했고 같이 하숙생활을 하기도 했기 때문에 적지 않은 친분이 있었다. 또 그 학교의 일본인 교장 가메야마 리페이(龜山利平)는 도쿄고등사범학교 출신으로 매우 합리적인 사고방식을 지닌 인물이었다. 그는 평소 조선인 교사와 학생들을 아끼고 이해하였다. 당시 경성중학교는 다른 조선인 학생들이 다니는 학교가 그러했듯이 학생 소요사건이 흔히 있었던 학교이고 항일사상이 강한 편이었다. 그런 곳의 교장을 지내면서, 그는 조선인 학생들이 어려움에 처할 때마다 그들을 이해하려 애썼고 학생들 편에 서서 문제를 해결하려고 했다. 그는 김기림의 제안을 받아들여 바로 교사로 임명하였다. 이 시절의 제자로는 시인 김규동, 영화감독 신상옥, 언론인 이활, 불교학자 서정수, 만화가 신동헌 등이 있다.

그의 경성 생활은 이렇게 시작되었다. 그는 영문학과 출신이므로 처음에는 영어를 가르쳤다. 태평양전쟁 이후 한반도 내에서의 사상적 탄압과 단속이 더욱 강화되고, 적성국가의 언어라는 이유로 각급 학교에서 영어교육이 대폭 축소되거나 완전 폐지되는 사태가 발발하면서, 경성중학교에서도 영어 과목이 폐지되자 그는 의외롭게도 수학 과목을 담당하게 되었다. 그는 제국대학 출신의 수재답게 수학을 독학으로 공부하여 전공한 사람 못지않게 수학을 잘 가르쳤다고 한다. 전하는 말에 의하면 미적분과 같은 고급수학을 가르쳤는데도 일본인 수학 선생보다도 더 명쾌하게 가르쳐서 화제가 되었다고 한다. 김기림은 그의 명철한 머리로 수학의 이론을 미리 공부해서 학생들에게 가르쳤던 것이다. 기자이자 비평가로서 그가 지녔던 분석정신은 수학을 공부하는 데도 꽤 도움이 되었을 것이다.

그러나 서울 문화의 중심부에서 신문사 사회부장으로 세계정세에 접하고 시인·비평가로 문단활동을 하던 사람이 함경도 벽지에서 수학 선생을 한다는 것은 말할 것도 없이 따분한 일이었을 것이다. 그는 이태준에게 보낸 편지에서 "실연이라도 당하고 울기 좋은 곳에 온 것 같은 조용한 벽지"로 경성의 교사생활을 소개하고 있다. 이 구절에는 변방의 교사로 낙향한 쓸쓸한 심회가 잘 반영되어 있다.

그 당시 김기림의 제자였던 김규동은 그 시절의 김기림의 삶에 대해 다음과 같은 증언을 남겼다.

시인에게 있어서 경성 시절은 삭막하기 짝이 없고, 또 외롭기 한이 없는 것이었을지 몰라도, 어느 한면으로는 사색하고 독서하며 스스로를 단련하는 뜻있는 시기가 아니었을까 느껴진다.

선생은 경성고보에 재직(1941~44)한 사 년 동안 가족을 서울에 남겨두고 하숙집에 기거했는데, 선생의 독서량은 무서운 것이어서 매일같이 도서실의 책을 한아름씩 안고 퇴근하고 또 출근하는 부지런함을 보였으며, 밤이 깊도록 선생의 하숙집 방에는 불이 켜져 있었다.

아침에 일찍 일어나면 맑은 목소리로 흔히 영시 같은 것을 음독했는데, 어학은 쉬면 버리게 된다고 매일매일 연습하는 습관을 붙여야한다는 것이 지론이었다.[78]

내 나이 17세 경성고보 2학년 때의 기억이다. 선생은 1908년생이니 이 무렵 34세였을 것이다. 이렇게 젊은 선생님이었는데도 우리는 늘 선생의 높은 품격과 권위에 눌려 무조건 온손해질 수밖에 없었고, 속으로는 더러 '샌님 같은 작자'라는 흉도 본 것 같으나 대개의 경우 학생들은 이분에 대하여 존경하는 마음을 가졌었다.

지금 회상해 봐도 그때 교단에 섰던 선생은 50대의 흠잡을 데 없는 신사였다는 느낌 뿐인데, 연대를 따져보면 30세를 갓 넘긴 연대인데 이런 분이 어떻게 그처럼 자연스럽고 노련한 모습으로 말썽꾸러기 우리들을 가르쳤을까 싶어 새삼 탄복하지 않을 수 없는 것이다.[79]

이러한 증언으로 볼 때 그는 경성중학교 교사로 있으면서도 신중하고 조용한 성품으로 학생들을 압도하고 공부를 끊임없이 하는 성실한 학자의 모습을 보여주었음을 알 수 있다. 뿐만 아니라 그는 학생들에게 머지않아 과학의 시대가 올 것이니 그것에 대비하여 과학에 대한 학습을 충실히 할 것을 당부하였다고 한다. 이때 밤을 새워 공부한 그의 이론적 축적이 해방 후『문학개론』,『시론』,『과학개론』,『시의 이해』등의 저서로 공간(公刊)되었을 것이다.

1943년 이후의 상황에 대해서는 두 가지 설이 있다. 하나는 1943년 11월경 경성에 있는 김기림의 하숙집으로 서울에 있던 부인이 찾아와서 이야기를 나누는 중에 경성에서의 교사생활을 청산하고 고향 근처 성진으로 갈 것을 결심하게 되었다는 설이다. 그는 남은 전쟁기간 동안 가족들과 함께 낙향하여 고향마을에서 조용히 묻혀 지내기로 작정했다는 것이다.[80] 또 하나는 경성고보에서 1941년부터 44년까지 4년간 근무하다가 8·15해방을 1년 앞두고 사임하고 성진중학교 교장을 한 달간 지냈다고 하는데, 이는 8·15해방 직후로 추정되지만 확실치는 않다고 한다.[81] 이 두 가지 서술에서 공통적으로 확인되는 것은 1944년에 경성의 교사직을 사임하고 가족들과 고향에서 지냈다는 사실이다. 태평양전쟁에서 일본이 패망할 것을 예감하고 수학 교사를 그만둔 채 고향에 칩거했을 가능성도 없지 않다.

해방공간의 혼돈과 모색

　　1945년 8월 15일 그는 고향에서 해방을 맞았다. 해방을 맞은 기쁨과 감격은 어느 누구 못지않았을 것이다. 김기림이 해방을 맞아 가장 서두른 일은 서울로 돌아가는 일이었다. 다양한 지식을 습득한 교양인으로서 그의 촉수는 늘 문화의 중심부인 서울을 향해 있었다. 해방되던 해 9월 그는 서울서 학교에 다니던 장남 세환과 함께 종로구 이화동에 조그마한 2층집을 새로 마련하였다. 이 무렵부터 6·25가 날 때까지 서울대 사대와 연희대·중앙대의 전임 교수로, 동국대·국학대 등 시내 몇몇 대학의 강사로 출강하였다. 한편 일제 말에 행동의 일선에서 떠났던 조직의 명수 임화는 해방을 맞이하자 재빨리 문인들을 규합하여 '조선문학건설본부'라는 단체를 결성하였다. 여기에는 구인회 때부터의 친구인 이태준·박태원·박팔양 등이 참여하고 있었다. 늘 문화의 중심부에 있으려 했던 김기림도 남에게 뒤질세라 이 단체에 가입하였다.

해방의 기쁨을 누르며 서울로 돌아온 그는 옛날의 문우들을 만나고 다시 문학활동을 전개할 웅대한 포부를 세웠다. 되찾은 조국의 국토 위에 새나라를 건설해야 한다는 외침이 모든 사람의 입에서 터져나왔다. 그러한 대중의 뜻을 그는 다음과 같이 대변하기도 했다.

오래 눌렀던 소리 뭉쳐
同胞와 世界에 외치노니
民族의 소리고저 등불이고저
歷史의 별이고저
여기 다시 우리들 모두 돌아와 있노라.
눈부시는 月桂冠은 우리들 본시 바라지도 않은 것
찬란한 自由의 새나라
첩첩한 가시덤불 저편에 아직도 머니
우리들 가시冠 달게 쓰고
새벽 서리ㅅ길 즐거히 걸어가리
　•「모다들 돌아와 있고나」 전문

해방을 맞이하자 국내외로 떠났던 동포들이 모두들 제자

리로 돌아와 새나라 건설을 위해 힘차게 나아갈 것을 다짐하고 있다. 아직 우리가 바라는 이상향은 첩첩한 가시덤불 저편에 있지만 가시관을 달게 쓰고 고통을 감내하며 그곳으로 걸어가겠다고 선언한다. 찬란한 자유의 새나라가 아직 가시덤불 저쪽에 있다고 한 현실인식은 정확한 것이었고 그 나라를 건설하기 위해 고통 속을 참으며 즐겁게 걸어가겠다고 하는 것도 정당한 태도다. 그런데 여기서 우리는 "찬란한 자유의 새나라"라는 어구의 관념성에 주목해볼 필요가 있다. 저 앞에 성운처럼 빛나는 그 새나라의 정체는 무엇인가? 그것은 새것에 대한 막연한 동경은 아니던가? 이 같은 새것에 대한 지향성은 해방 후에 간행한 시집 『바다와 나비』[82)]의 머리말에서도 확인된다.

8월 15일은 분명 우리 앞에 위대한 '浪漫'(로맹틱)의 시대를 펼쳐 놓았다. 그러나 또 다시 感傷的으로 이 속에 탐닉하기에는 우리는 너무나 큰 洞察과 透視를 준비해야 할 것이다. 한 古典主義도 아니다. 한 象徵主義도 아니다. 한 超現實主義도 아니다. 우리는 모든 그런 것을 지나왔다. 인제야 우리 앞에는 大戰 이전에 좀처럼 상상할 수 없었던 새로운 세계가 탄생하려 하고 있다. 조선은 문을 열고 이 세계와 마주서게 되었다. 이 새로운 세계— '올더쓰 헉쓸

레'가 빈정댄 그런 의미가 아니고 진정한 새로운 찬란한 세계——가 완전히 人類의 것이 되기까지에는 아직도 여러 가지 진통이 있을는지 모른다. 그러나 먼저 透明의 前哨에 눈을 뜬 사람 또 먼저 먼 기이한 발자취에 귀가 밝은 사람들의 꾸준하고도 끈직한 노력만이 참말로 이 새로운 세계의 문을 열어제낄 수 있을 것이다.

여기서 김기림이 새로운 세계를 자신의 온몸으로 받아들여 국민과 인류의 이상으로 승화시키고자 하는 열망을 지녔음은 충분히 이해할 수 있다. 그러나 그 새로운 세계가 어떠한 세계이며 어떻게 하면 새로운 세계를 인류의 진정한 이상으로 바꿀 수 있는지 구체적 방법론은 제시되지 않았다. 따라서 여기 담긴 생각은 추상적이고 선언적이다. 이 글에 동원된 개념과 용어도 문학개론에 나오는 사조 명칭의 범위를 벗어나지 못하고 있다. 이러한 선언적 발언을 구체적인 현실 개조의 대안으로 삼기에는 너무 허술하다는 느낌을 지울 수 없다. 시집의 서문이기에 간략한 대의만 제시되었다고도 볼 수 있으나 거기 담긴 사고체계는 충분히 엿볼 수 있다. 그는 다음과 같은 시를 통하여 새로운 세계를 지향하는 의지를 드러내기도 했다.

여러 誤解와 敵意의 가시덤불에 쌓여
한갈래 좁고 가는 理解와 知慧의 길은
아직도 어둔밤 '푸라티나' 머리칼처럼 희미하게 떨릴 뿐,
너의 아름다운 世界 현란히 열릴 날 언제냐
오직 하나뿐인 世界 금가지 않은 世界로 향해
「사라센」의 휘장처럼
아침 안개 눈부시게 걷힐 날은 언제냐.
• 「世界에 외치노라」 일부

　그러나 새로운 세계를 갈망하는 이 작품에도 초기시에 그
가 자주 사용하던 "푸라티나"라든가 "사라센의 휘장" 같은
장식적 어구가 반복되고 있음을 보게 된다. 현실의 실상을 치
열하게 인식하는 자리에서 비켜선 채 현상을 하나의 관념으
로 받아들이고 이상의 세계까지도 막연한 새로움의 공간으로
치부해버리는 인식상의 취약성을 드러내고 있는 것이다.
　여하튼 많은 사람들의 감격과 환희의 물결 속에 국내정세
는 어지럽게 흘러갔다. 남쪽의 문단은 정치판과 똑같이 좌익
과 우익의 대립으로 분열되었다. 온 민족이 만세의 절규로
맞이한 해방은, 미국군과 소련군의 주둔에 의한 국토의 분
단, 이념의 대립에 의한 민족의 분열, 그것의 연장인 동족간
의 처절한 싸움으로 이어졌다. 우리에게 다가온 광복의 환희

는 그 안에 민족의 시련과 고초를 이미 내장하고 있었던 것이다. 해방의 그날부터 정치세력은 자기들 조직의 간판을 내걸기에 분주했고 문인들도 여기서 예외가 아니었다. 일제의 억압에서 풀려난 지 한 달도 안 되어 문단은 좌우의 두 패로 나누어졌으며, 문인들은 자의건 타의건 어느 단체의 일원으로 소속되는 형식을 취하지 않을 수 없었다. 해방 이듬해가 되면 이 두 집단은 '조선문학가동맹'과 '전조선문필가협회'로 양분되어, 전국적 규모의 집회를 열고 공식적인 단체로서의 체제를 갖춘다.

김기림이 가입해 있었던 '조선문학가건설본부'는 '조선프롤레타리아문학동맹'을 흡수하여 '조선문학가동맹'(위원장 홍명희)으로 구조 개편이 이루어졌다. 이에 따라 김기림은 자동적으로 이 단체의 회원이 되었다. 김기림은 이 단체의 중앙집행위원 및 시분과위원장, 서울시문학가동맹 위원장직을 겸하게 되었다. 뒤에 언급되겠지만, 북쪽의 탄압을 피하여 가족들을 월남시킨 김기림이 좌파 문학단체인 조선문학가동맹에 이름이 오른 것은 이해할 수 없는 일이기는 하다. 어쩌면 해방공간에서 새로운 세계의 도래를 꿈꾸었던 김기림의 의식이 이러한 단체를 통한 문학활동을 긍정적으로 수용하게 했는지 모른다. 그러나 그의 이데올로기는 사회주의와는 너무나 거리가 먼 것이었다.

임화가 주축이 된 '조선문학가동맹'은 1946년 2월 8일과 9일에 걸쳐 제1회 전국문학자대회를 개최하였다. 김기림은 이 대회에 참가하여 「우리 시의 방향」이라는 제목으로 강연을 하였다. 참고로 말하면, 정지용의 이름이 아동문학 분과위원장으로 올라 있었으나 정지용은 이 대회에 하루도 참석하지 않았다. 이날 행사계획서에 「조선 아동문학의 현상과 금후의 방향」이라는 보고 연설을 정지용과 박세영이 함께 하기로 되어 있었지만 정지용이 불참함으로써 박세영이 혼자 연설을 했다. 이때의 행사계획표를 보면 참석하지 않을 것 같은 사람의 발표에는 발표자가 처음부터 복수로 편성되어 있었다. 이병기나 김광섭도 정지용과 같은 사례에 해당하는 사람들로 그들도 복수의 발표자 중 한 사람이었는데 그들 역시 이 대회에 참석하지 않았다.[83]

그런데 김기림은 실제로 이 행사에 참여하여 시분과위원장으로 강연을 하였다. 이 강연에서 문학인을 포함한 이 땅의 지식인들을 향해 근대 청산의 문제와 초근대의 문제를 동시에 제기하였다. 한 걸음 나아가 그는 역사에 있어 그러한 역할은 다름 아닌 우리 민족이 담당해야 한다고 주장하였다. 이러한 주장은 앞의 『바다와 나비』 머리말의 내용보다 한 걸음 앞으로 나아간 것이기는 하지만 그만큼 공허한 것이기도 하다.

문화의 건강을 회복하기 위하여도 近代는 이번 전쟁을 통하여 스스로 處刑의 하수인이 되었던 것으로 알았다. 우리들의 신념은 오늘에 있어서도 그것을 수정할 아무 필요도 느끼지 않는다. 오늘 戰後의 세계는 물론 '근대'의 결정적 청산을 가져오지 못하고 있다. 또 이 나라 안에서만 해도 8·15 이후 오늘까지 이르는 동안의 혼란한 정치적 정세는 우리들이 기대하는 새로운 세계의 탄생의 진통으로만 보기에는 너무나 병적인 데가 있다. 그러함에도 불구하고 우리는 주장한다. 새로운 시대가, 근대를 부정하는 새로운 시대가 지구상의 어느 지점에 시작되어도 상관이 없을 것이다. 세계사의 한 새로운 시대는 이 땅에서부터 출발하려 한다. 또 출발시켜야 할 것이다.[84]

이 글에도 근대를 청산하고 맞이하게 될 새로운 시대는 과연 어떤 것인지, 그 새로운 시대가 왜 이 땅에서 출발해야 하는지 구체적인 근거는 제시되지 않았다. 8·15 이후의 정치 정세가 그야말로 병적이라는 데에는 만인이 동의하겠지만 그 병적인 상태가 어떻게 근대 청산의 동력이 되고 새 시대 건설의 연료가 될 것인지는 아무도 알지 못한다. 주장의 강도가 높아지긴 했지만 역시 추상의 단계를 벗어나지 못한 것은 마찬가지이다.

북쪽에는 소련 군대가, 남쪽에는 미국 군대가 주둔한 상황에서 김일성을 중심으로 한 북쪽의 체제개혁 움직임은 새로운 변화를 추구하는 분위기에 발맞추어 계획대로 진행되어 갔다. 큰 과수원과 농장을 소유한 지주 신분인 김기림은 시대의 흐름이 심상치 않음을 간파하고 1947년 초 평양을 거쳐 고향으로 갔다. 마침 그 전해 5월에 막내 세훈이 출생하기도 했던 것이다. 김기림은 젖먹이인 막내 세훈과 부인만 고향에 남겨놓고 가족을 솔거하여 밀선을 타고 동해로 탈출해 서울로 왔다. 부인은 젖먹이 세훈도 세훈이지만 재산도 정리해서 서울로 가겠다는 명분을 내세워 임명동에 남았다. 이때가 1947년 6월경이었다.

　부인과 세훈은 1948년 봄에야 서울로 와서 가족들과 합류할 수 있었다. 김기림으로서는 삼엄한 분계선을 뚫고 찾아온 아내와 젖먹이 세훈을 다시 본 감격이 말도 못하게 컸을 것이다. 기림은 아내의 손을 붙들고 한없이 눈물을 흘렸다고 한다. 이렇게 되어 가족 전체가 처음으로 서울 이화동 집에서 함께 생활하게 되었다. 그들이 서울에 온 지 얼마 되지 않아 대한민국 정부가 수립되고 분계선이 고착됨으로써 국토는 마침내 분단되고 만다. 다음은 그가 북에 두고 온 아내를 그리며 쓴 「戀歌」라는 작품인데 그의 네 번째 시집 『새노래』[85)]에 수록되어 있다.

두 뺨을 스치는 바람결이 한결 거세어 별이 꺼진 한울 아래

즘생처럼 우짖는 都市의 소리 피해 오듯 돌아오면서

내 마음 어느새 그대 곁에 있고나

그대 마음 내게로 온 것이냐

陸路로 千里 水路 千里

오늘밤도 소스라쳐 깨치우는 꿈이 둘

街路樹 설레는 바람소리 물새들 잠꼬대……

그대 아름소리 아닌 것 없고나

그대 있는 곳 새나라 오노라 얼마나 소연하랴

병 지닌 가슴에도 薔薇같은 希望이 피어

그대 숨이 가빠 處女처럼 수다스러우리

회오리바람 미친 밤엔 우리 어깨와 어깨 지탱하야

찬 비와 서릿발 즐거히 맞으리

자빠져 김나는 몸둥아리 하도 달면 이리도 피해 달아나리

새나라 언약이 이처럼 화려커늘

그대와 나 하로살이 목숨쯤이야

빛나는 하로 아츰 이슬인들 어떠랴

　• 「연가」 전문

우리는 이 시에서 시인의 이율배반을 목격할 수 있다. 마음으로는 북에 두고 온 아내를 그리워하고 아내가 아무 탈없이 찾아오기를 기대하면서도, 시의 문맥으로는 그대 있는 곳에도 새나라 건설하느라 소란스러운 일이 많을 것이라고 말하며 새나라의 언약을 위해 그대와 나의 하루살이 목숨쯤이야 얼마든지 바쳐도 좋을 것이라는 뜻을 이야기하고 있다. 만일 이런 뜻이 진심이라면 시인 자신이나 아내도 서울로 올 필요가 없었을 것이다. 우리는 여기서 그의 의식이 현실과 이념으로 이원화되고 찢겨져 있음을 확인하게 된다. 이것은 비단 김기림의 문제만이 아니라 해방공간을 살았던 대다수 사람들의 공통된 현상일 것이다.

어쩌면 그가 처한 시기는 1930년대 이래 그가 추구해왔던 모더니즘의 방법론에서 탈피하여 새로운 민족문화와 세계문화 건설이라는 과제에 몰두하면서 1939년에 제기한 전체시로의 방향 전환을 이행할 수 있는 절호의 환경이기도 했다. 그러한 시대적 배경을 제대로 통찰하게 되면 모더니즘과 경향파적 사회성을 결합한 전체시의 활로가 발견될 수도 있었을 것이다. 그러나 해방공간에 그가 보여준 시나 여타의 문자 행위에서 발견되는 것은 새로운 것에 대한 갈망, 앞으로 나아가겠다는 전진적 의지의 일방적 선언이다. 이것은 30년대 초에 그가 보여주었던 신기주의, 무정향적 전진주의의 재판에 해당한다.

앞에서 살핀바 김기림 초기시의 지향은 새로운 것을 찾아 앞으로 나아가고 그 과정에서 얻어진 새로운 단편들을 현학적으로 드러내며 앞으로 나아가는 자세를 무조건 긍정하는 태도였다. 이러던 그가 풍자의 시를 새롭게 시도해보았으나 생각만큼 성공하지 못했고, 제2차 일본 유학과 일제 말의 암울한 상황으로 말미암아 새것 추구의 자세에 대한 반성과 삶의 문제에 대한 성찰이 자리잡게 되고 비로소 내면의 힘과 정신의 깊이를 사색하는 단계에까지 나아갔다. 이러한 단계에 이른 것은 신기추구의 태도가 어느 정도 정돈되고 생활의 세부에서 시의 소재를 취하였기 때문이다.

그런데 해방공간은 일제 말에 폐쇄되었던 새것 추구의 경향을 무한히 개방해놓은 형국이었다. 저마다 새날이 온 것을 예찬하고 새나라 건설에 앞장설 것을 외쳤다. 새로운 세계로 나아가지 않고 현재의 상태에 머무는 것은 퇴영적이고 반동적인 것으로 비판받았으며 행동으로 나아가지 않고 주저앉아 있는 것은 무기력한 추수주의로 비판받았다. 신기주의와 전진주의가 한민족 전체의 뇌리를 다시 사로잡게 된 것이다.

해방공간은 다시 새것의 활로를 활짝 열어놓았으며 이 개방된 자유 속에 기림은 마음껏 새로운 세계에 대한 갈망을 드러내었다.

시집 『새노래』에 실린 각 시편은 거의 빠짐없이 '내일', '새날', '새백성', '새도시', '새나라'를 칭송한다. 새날과 새나라가 어떠한 구체적 내용을 지닌 것인가에 대한 정확한 이해도 없이 "새날의 대로를 뽑자"(「벽을 헐자」)고 외치며 "아무도 흔들 수 없는 새나라 세워가자"(「새나라頌」)고 노래했다. 이것은 구체적 내용이 결여되었다는 점에서 공허하며 성찰이 결여된 관념적 구호에 불과하다. 30년대의 신기주의가 새나라 건설이라는 구호로 되살아난 형국이다. 해방공간은 새것 추구가 최대로 공인된 공간이었고 더군다나 새나라 건설이라는 구호는 성스런 원광까지 두른 것이었기에 김기림의 시는 나름대로의 의미를 지닌 것으로 비쳤다.

이처럼 그의 신기주의가 되살아나자 현학주의와 무정향적 전진주의도 은연중 모습을 드러낸다. 가령 「우리들의 악수」라든가 「아메리카」 같은 시는 민족이 단결하여 앞으로 올 '커다란 새날'에 진정한 악수를 나누자고 노래하는가 하면, '함부르그, 룩쌍부르-' '로-잔느' 등 불필요한 외국 지명을 길게 열거하고 미국의 역사에 대한 상식적 사실을 나열하기도 한다. 이것은 30년대의 무정향적 전진주의, 현학주의가 은밀히 되살아난 모습으로 보인다. 특히 「아메리카」란 시는 미국의 독립기념일을 찬양하는 시로 과연 김기림이 '조선문학가동맹'의 이데올로기적 지향을 알고 이 단체에 관여했는지 매우 의심케 하는 작품이다.

아득한 바다 건너 한없이 넓은 한울 아래 흥성한 나라가 있어
아모의 權威도 믿지 않는 自由와 높은 한울과 들과 일을
죽엄보다 사랑하는 한 싱싱한 백성들이 거기 산다고 한다
만나기도 전부터 그대들 무척 반겼음은
우리 또한 얽매임 없는 넓은 大氣와 살림 한없이 그리웠기 때문
모―든 낡은 權威 무너져 부스러져야 함을 알었기 때문이다

사슬과 抑壓을 잠시도 용서 않으며
포악과 侵略을 가장 미워하는 그대
弱한 者의 곁에 서 있기를 늘 좋아하는 그대
自由와 또 前進만을 노래하는 詩의 傳統을 가진
'휘트맨'의 나라 백성이기에
그대 손목을 우리는 한없이 뜨겁게 잡으리라 하였다

아! 잊힐 리 없는 1945년 9월 義로운 우리들의 동무
王 없는 나라 貴族 없는 나라 人民의 나라 젊은 戰士들은
바다로 하늘로 구름같이 덮혀온다 하였다
壓制와 虐殺과 脅迫에 짓밟히고 찢긴 땅에서
毒蛇의 무리와 그 앞잽이들 모조리 우리
채찍 높이 휘둘러 쫓아내리라 하였다
그대들 또한 우리 옆에 예루살렘 神殿의 성낸 젊은이들
처럼 서 있으리라 하였다

(……)

祝杯를 들자 7월 초나흘을 위하야―自由로운 '아메리
카'의
聖스런 싸움에 빛나는 지나간 날과 오늘과
또 平和와 希望의 負債 무거운 來日을 위하야 ―
'워싱튼' '제퍼슨' 그리고 '프랑클린'의 나라
무엇보다도 '에부라함 · 링컨'의 나라
그 무엇보다도 '프랭클린 · 로-즈벨트'의 나라이기에
그대에겐 있건만 아직도 獨立 없는
우리의 아픔을 아― 누구보다도 그대가 잘 알리라

自由 위한 싸움터 위 다만 理解와 尊敬과 높은 理想으로만

우리들의 굳은 握手를 맺자

장미를 던져라 저 偉大한 1776년의 7월을 위하야

우리 모두 祝杯를 들자

또 하나 祝杯는 우리들 것으로 남겨두자

　• 「아메리카」 일부

이 시는 1946년 7월 4일 미국 독립기념일에 쓴 것으로 되어 있다. 이 시를 쓰기 넉 달 전 그는 조선문학가동맹이 주최하는 전국문학자대회에 참석하여 근대를 청산하고 새시대를 건설해야 하며 그 새시대는 바로 이 땅에서 출발할 것을 역설했다. 조선문학가동맹이 지향하던 새시대는 바로 이 땅에 사회주의국가를 건설하는 것이었다. 그 목적을 위해 다수의 맹원들이 반제·반파쇼 투쟁을 벌이다 투옥되기도 했고 미군정에 대항하는 집단활동을 벌였다. 그쪽 문인들의 칭송의 대상이 되는 것은 레닌이나 스탈린, 소비에트연방에 대한 것이었지 미국의 문물이 아니었다. 그런데 김기림은 1946년 7월의 시점에서 소련과 사상적 대립관계에 있는 미국의 자유주의를 찬양하는 시를 쓰고 있는 것이다.

사정이 이러했으므로 그가 조선문학가동맹에 가담한 것은

그야말로 이름만 빌려준 것에 불과했다. 좌파노선의 이념적 선명성의 입장에서 보자면 그는 진작 제명이 되었어야 옳았을 사람이다. 사상적으로 사회주의와는 전혀 어울리지 않은 상태에 있었고 삶의 양식에서도 이데올로기적 집단성과는 어울리지 않는 사람이었다. 그는 언제나 절제된 생활을 하면서 시창작과 문학공부에 몰두한 건실한 문인이요 폭넓은 지식을 갖춘 교양인이었다. 그는 가정규율을 엄하게 지켰고, 자녀들의 교육문제에 대해서도 극히 세심한 편이었다. 어릴 때부터 몸에 밴 부유층의 윤리는 그의 행동과 사유를 끝까지 절도와 균형으로 이끌었다.

그러나 막연히 새나라 건설의 의욕으로 가담한 '조선문학가동맹'에 그의 이름이 남아 있었기 때문에 대한민국 정부수립 이후인 1948년 10월 좌익 경력 인사들의 사상적 선도를 명분으로 내세우고 결성된 '국민보도연맹'에 가입하지 않을 수 없었다. 이 단체에 가입하기 위해서 그는 뜻도 모르는 전향선언문을 써야 했다. 조선문학가동맹과의 공식적인 결별은 1948년 10월에야 이루어진 것이다. 그리고 그해 12월 9일에는 대한민국의 문학단체인 한국문학가협회의 정식 회원이 된다. 그리고 같은 시기에 수필집 『바다와 육체』[86]가 간행되었다. 이 시기에 이르러 김기림은 계급보다는 민족을 앞세운다는 명분으로 자신의 이원적 모순을 정리하는 길을 택하게

되었고 그것은 「평론가 이원조군 민족과 자유와 인류의 편에
서라」[87]라는 서간문으로 이어진다. 그 중간 단계의 심경을
보여주는 시를 1949년 새해를 맞으면서 발표하였는데 그것
은 다음과 같다.

첫 잔은
금이 간
자꾸만 금이 가려는 民族을 위하여 들자

다음 잔은
속임 많던 고약한 어저께를 잊기 위하야! ―

그 다음 잔은
우리들
믊어져 가는 아름다운 생각을 위하여

피는 과연 물보다 진한 것인가
아! 그러나 '도그마'는 피 보다도 진하였다

너무나 헤푼 목숨과 청춘
울어도 시언치 못한 우리 모두의 손실이었다

불 꺼진 공장
헐벗은 마을
빛 다른 물건 나부랭이만 넘치는
거리 거리
너 나 없이 숨이 찬

어린 광대들
잔을 들리라
이리들 한량없이 착하나
그러나 그지 없이 약한 무리들 웃을 날 위하여!

철 철 철
넘치는 잔은
다시 아믈 民族의 이름으로 들자

또 한잔은
지혜롭고 싱싱할 내일과 또 인류에게 ―

마지막 잔은 ―
그렇다
우리 모두의 한결 같은 옛꿈의 소생을 위하여 들자

• 「새해 앞에 잔을 들고」[88) 전문

그는 속임이 많았던 어제를 잊기 위하여 새해의 잔을 들자고 하고 민족의 앞날을 위하여 잔을 들자고 말한다. 과거에 신봉했던 '도그마'가 민족의 피보다 진하다고 오인했던 것이 우리 모두의 손실이었다고 이념에의 집착을 비판하는 듯한 어조를 취한다. 그러면서도 그의 구호는 어딘지 모르게 공허한 느낌이 든다. 시의 끝행 "우리 모두의 한결 같은 옛꿈의 소생을 위하여 들자"라는 구절에서는 민족을 가상으로 내세우면서 과거에 지녔던 이상을 여전히 아름다운 생각으로 간직하는 것이 아닌가 하는 의구심마저 든다. 새해를 맞이하여 앞날의 소망을 노래하는 시에서도 자신의 번민과 갈등을 고통스러운 탄식 속에 갈피갈피 새겨넣고 있는 것이다. 이것은 그의 심경이 충분히 정리되지 않았음을 암시한다. 그의 의식은 여전히 이원적 모순 속에 놓여 있었고 그런 상황에서 곡마단의 마술 같은 세월이 흐르고 있었던 것이다.

그는 악마의 시련과도 같고 마법사의 요술과도 같은 시대의 변환 속에서 좌절된 마음을 학문 연마로 달래보려는 듯 여러 권의 저서를 연이어 간행하였다. 1950년 2월에는 교양서인 『학생과 학원』(공저)이 수도문화사에서 간행되었으며, 4월에는 시 이론서 『시의 이해』가 을유문화사에서, 문장작법에 해당하는 『문장론 신강』이 민중서관에서 간행되었다. 특히 『시의 이해』는 그의 도호쿠제국대학 졸업논문인 리처즈에 대한 연구를 심화시켜 한 권의 단행본으로 엮어낸 것이다. 김기림은 리처즈 이론에 대한 그간의 연구 성과를 일차적으로 정리한다는 의미만이 아니라 리처즈 이론의 수용과 비판을 기반으로 한 독자적인 시론의 정립을 염두에 두었던 것 같다.

그는 자신이 추구하는 시 이론의 체계화 작업의 궁극적인 목표로 '과학적 시학'의 수립이라는 거창한 주제를 설정했다. 주로 시의 기능적인 측면에 초점을 맞춘 이러한 논의는 리처즈의 시론에 영향을 받은 것이기도 하지만 김기림 자신이 지닌 과학에 대한 관심을 대변해주는 것이기도 하다. 앞에서도 언급했던 것처럼, 그가 경성중학교 수학 교사 시절 학생들에게 과학의 시대가 올 것에 대비해 과학 공부를 많이 해두라고 역설했던 것도 그의 과학에 대한 관심을 알려주는 사실이다. 시집 『새노래』에도 과학과 문명이 인간에게 새롭고 유익한 생활을 보장해줄 것이라고 기대하는 내용의 작품이 여러 편 나온다. 그는 과학적 시학이 새로운 과학의 시대에 부응하는 시론이라고 믿었던 것이다.

그는 『시의 이해』에서 시의 심리학과 사회학을 두 중심축으로 하는 과학적 시학의 기본골격을 모색해보았다. 여기서 시의 심리학은 시의 체험 및 심리적 효용과 관련된 것으로 시가 가지는 미시적 방향성의 영역이다. 시의 사회학은 시의 사회적 관련성과 현실적 효용을 검토하는 것으로 시의 거시적 방향성의 영역이다. 그런데 김기림은 이 시학의 두 기둥이 종합되는 자리에 진정한 과학적 시학이 수립될 것이라고 말하고 있다. 그렇다면 이 과학적 시학이라는 것은 바로 그가 1939년의 시론에서 이야기했던 모더니즘과 사회성을 종합한 전체로서의 시의 연장선상에 놓인 이론이다. 모더니즘과 사회성의 종합이라는 말이 시의 심리학과 사회학의 종합이라는 말로 용어가 교체된 것이다. 이로 보면 김기림이 해방공간에서 쓴 시가 1930년대 시의 한계에서 벗어나지 못한 것과 마찬가지로 이 시기의 그의 시론 역시 해방 전의 시론에서 크게 벗어난 것이 아니라는 결론에 도달한다. 그도 그럴 것이 해방에서 6·25에 이르는 혼돈과 소동의 기간은 차분하게 새로운 방향을 모색할 수 있는 침잠의 시간이 될 수는 없었던 것이다.

시인의 실종

김기림은 서울에 온 뒤 서울사대·중앙대·연희대·동국대·국학대 등 여러 대학에 전임 및 강사로 출강했다. 6·25 전쟁이 발발할 당시 김기림은 연희대에서 강의를 하고 있었다. 이것은 시인 김광균의 말에서 추정이 가능하다. 1950년 2학기에 김기림이 연희대로 옮기면서 중앙대에서 담당했던 강좌를 자신이 맡기로 하고 강의 준비를 했는데 6·25가 일어나서 무산되었다는 것이다. 또 가족들의 말에 의하면 6·25가 나던 해인 1950년, 김기림은 미국에 교환교수로 갈 예정이었다고 하는데 확인할 수는 없는 일이다.

이때 김기림은 연희대 강의 준비에 전념하고 있었는데 갑자기 전쟁이 발발하자 황급히 준비를 하여 가족을 이끌고 피난길에 나섰다. 그는 월남한 지주 출신의 인텔리인데다가 보도연맹에 가입되어 있는 처지여서 공산치하가 되면 살아남기 힘들 것이라는 위기의식을 가졌을 것이다. 서둘러 피난길에 나섰지만 길은 인산인해로 메워져 대혼란을 빚고 있었고 이미 한강다리가 끊긴 뒤라서 피난을 가지 못하고 되돌아올 수밖에 없었다. 이렇게 돌아온 김기림은 집안에 칩거하다가 6월 30일 아침 식사도 하지 않은 채 평상복 차림으로 친구를 만나러 나갔다가 끝내 돌아오지 못했다는 것이다. "그분이 대문을 나설 때 왠지 뒷모습이 쓸쓸해 보여 이상한 예감이 들었는데, 그것이 그분을 본 마지막 순간이 될 줄이야 누가 알았겠느냐"고 부인 신보금 여사가 생전에 회고한 바 있다.

이렇게 김기림이 집을 나가서 돌아오지 않자, 가족들은 그의 행방을 찾아 헤맸다. 수소문하던 끝에 김기림이 정치보위부에 연행되어 서대문 구치소에 감금되어 있다는 것을 알아냈다고 한다. 부인은 남편을 만나기 위해 매일 서대문 구치소에 찾아갔지만, 끝내 면회는 허용되지 않았다. 결국 김기림은 그곳에 수감되었다가 북으로 끌려간 것이다.

김규동의 증언에 의하면 을지로 입구를 지나다가 북에서 온 고향청년들에 의해 붙들렸다고 한다. 고향청년들은 차를 세우며 "선생님, 오래간만입니다. 잠깐 타십시오"했다고 하는데, 그 고향청년들이란 바로 성진 출신의 정치보위부 기관원이었다는 것이다. 이후 서대문 형무소에 수감되고, 얼마후 다른 많은 저명인사들과 더불어 8월 하순경 북쪽으로 이송된 것으로 알려져 있다.

이렇게 그가 정치보위부에 이송되고 죄인처럼 북으로 압송된 것은 그의 해방 후의 행적과 관련되어 있다. 이 점은 정지용의 경우도 마찬가지다. 어떤 경로로 그렇게 된 것인지는 알 수 없지만 김기림은 해방공간에서 좌파 문학단체인 조선문학가동맹의 시분과위원장으로 있었다. 조선문학가동맹은 남로당 산하에 있었으며 당의 지령에 의해 움직이는 문화공작대였다. 이런 좌파 단체에 속해 있던 김기림은 대한민국 정부수립 후 전향선언문을 쓰고 국민보도연맹에 가입하였다. 그것은 북쪽의 시각에서 볼 때 일종의 배신행위가 되는 것이다. 남쪽의 입장에서는 보도연맹에 소속되어 있는 좌익 전력을 지닌 사람들이 북쪽 군대에 합류하여 다시 적의 편에 설지 모른다는 불안감 때문에 보도연맹 소속자들은 감시의 대상이 되었다. 그러니까 6·25전쟁의 상황 속에서 보도연맹 소속자들은 남과 북에서 다 버림받는 시대의 희생자가 된 것이다.

우리는 여기서 우리 민족이 통과한 모순의 시대의 비극을 다시 한 번 체감하게 된다. 김기림은 그러한 시대의 비극 속에서 행방불명이 된 것이다. 분명한 것은 6·25라는 민족분단의 비극적 상황 속에서 우리 문학사에서는 매우 드문 시인─비평가이자 유능한 문학이론가를 역사의 희생물로 잃었다는 사실이다. 따라서 그의 실종과 희생은 그 시대를 살았던 우리 민족 모두의 책임으로 돌려야 한다. 우리는 이 엄연한 사실 앞에 머리 숙이고 숙연해져야 할 것이다.

북으로 간 이후의 김기림의 행적에 대해서는 여러 가지 근거 없는 이야기가 산발적으로 들려왔을 뿐 공식적으로 확인된 내용은 없다. 6·25 이후 북쪽에서 발간된 자료들에는 김기림이 그곳에서 문필활동이나 사회활동에 참여했다는 흔적이 전혀 발견되지 않는다. 구구한 억측에 휘몰렸던 정지용의 경우도 그가 평양 감옥에서 폭사했거나 혹은 의정부를 넘어 북으로 끌려가다가 폭격을 맞아 사망했다는 설이 제기되는 것으로 볼 때 김기림 역시 북쪽으로의 압송 과정에서, 혹은 북쪽의 수형 과정에서 사망했을 가능성이 많다.

그러나 그가 어떻게 세상을 떠났든 우리가 안타까워해야 하는 것은 그의 뛰어난 재능의 상실이다. 6·25 직전에 그가 남긴 시 「조국의 노래」[89]를 보면 그의 조국에 대한 사랑의 열도를 알 수 있다. 그 조국에 사랑을 바칠 기회를 6·25의 비극이 앗아간 것이다. 이것은 개인의 희생이 아니라 우리 문학 전체의 손실임을 잊지 말아야 할 것이다.

언제 불러보아도
내 마음 설레는

아 — 어머니인
조국이여

아득히 먼곳
三國新羅에 뻗은 맥맥
그러나 한없이 가까웁게
내 핏줄에 밀려오고 밀려드는
물굽이
구비마다 감기운
그대 숨결

多寶塔 돌난간 文殊보살 손길에
靑磁병 모가지에 자꾸만 만지우는
다사론 손길

鄕歌 歌謠 歌辭 時調에
되처 되처 울리는 그 목소리
강과 호수와 또 비취빛 하늘
가는 곳마다 비최는 얼골
아 — 무시로 내 피부에 닿는 것
귀에 울리는 것 다가오는 것

그는 내 祖國
내 자랑일러라

지난날
그대 없어서
우리 너나없이 서럽게 자란 아이
나면서 모두가 인 찍힌 亡命者
그대 갖고파 북어처럼 여위던 족속

오늘
거리 거리
바람에 파도이는
태극기
꽃이파리인가 별쪼각인가
아 ― 이는 내 희망

내가 태어나
그 밑에 살기 소원이던 꿈
인류에게 고하라
우리 목숨 앞서
그를 다시 빼앗을 길 없음을

역사의 행진
한 모퉁이 떳떳이 나선 우리
삐걱이는 바퀴에
내 약한 어깨 받치었을
한없이 보람있고나

언제 불러보아도
마음 설레는
아 ― 어머니인
내 조국이어.
•「祖國의 노래」전문

　시인의 실종 이후 김기림은 해방공간에서 조선문학가동맹
에 가입되어 있었던 것과 대한민국 정부수립 후 보도연맹에
소속되어 있었다는 점 때문에 월북문인으로 규정되어 문학
작품의 공개 및 문학적 업적에 대한 논의가 자유롭게 이루어
지지 못했다. 북쪽의 문학사에서도 김기림은 이름조차 언급
되지 않았다. 남북분단 이후 김기림은 문학사의 미아로 남게
된 것이다. 한 집안의 가장이 월북자로 규정되자 그 가족들
은 많은 고초를 겪게 되었다. 특히 부인 신보금 여사는 혼자
의 힘으로 오남매를 키우며 갖은 고생을 다하였다. 다행히

남편이 남긴 장서를 팔아 장사 밑천을 마련하여 여러 가지 장사를 하며 오남매를 대학 공부까지 시켰다.

　김기림의 문학과 삶이 전면적으로 공개되고 대중들에게 알려진 것은 1988년 납월북 문인에 대한 전면적인 해금조치가 있고 나서의 일이다. 해금과 때를 같이 하여 김학동 교수의 노력과 정성에 의해 김기림의 거의 모든 저작이 수합된 『김기림전집』 6권이 심설당에서 간행되었다. 그 이후 전집에 수록되지 않은 작품이 계속 발굴되고 있으며 다양한 관점에서 김기림 문학에 접근한 본격적인 연구 논문들도 연이어 발표되고 있다. 그의 모교인 보성고등학교 교정에 김기림 시비도 건립되었으며 김기림 문학의 밤도 몇 차례 열린 바 있다. 월남 실향민으로 행방불명된 남편을 그리며 오남매를 키운 신보금 여사는 남편의 소식을 접하지 못한 채 1991년 서울에서 타계하였다.

주

1) 김기림의 생애와 관련된 부분은 김기림의 유족과 직접 교신하여 생애를 서술한 김유중, 『김기림』(문학세계사, 1996)과 김학동, 『김기림평전』(새문사, 2001)의 내용을 바탕으로 필자가 자료를 재검토하고 수정 보완하여 집필하였다.

2) 이는 지금 남아 있는 호적명이며, 원래 부인의 이름은 신보금(申寶金)이다. 6·25 이후 가호적을 정리할 당시 잘못 등재된 것이라고 한다. 김유중, 『김기림』, 문학세계사, 1996, 142쪽.

3) 김학동, 『김기림평전』, 새문사, 2001, 382쪽.

4) 「작품출사표」, 『삼천리』, 1937. 1(『김기림전집』 5, 심설당, 1988, 쪽). 이하 산문의 인용은 이 책에 따르며 주에는 원전만 밝힘.

5) 「별들을 잃어버린 사나이」, 『신동아』, 1932. 2.

6) 『신가정』 1권 9호, 1933. 9(『김기림전집』 1, 심설당, 1988, 306쪽). 이하 시의 인용은 이 책에 따르며 주는 따로 적지 않음.

7) 「잊어버리고 싶은 나의 港口」, 『신동아』, 1933. 5.

8) 「寫眞 속에 남은 것」, 『신가정』, 1934. 5.

9) 「길」, 『조광』, 1936. 3.

10) 「사진 속에 남은 것」, 『신가정』, 1934. 5.

11) 「立春風景」, 『신여성』, 1933. 3.

12) 「잊어버리고 싶은 나의 港口」, 『신동아』, 1933. 5.

13) 김유중, 앞의 책, 1996, 149쪽, 150쪽 참조.

14) 「붉은 鬱金香과 '로이드' 眼鏡」, 『신동아』, 1932. 4.

15) 같은 글.

16) 『신동아』, 1932. 3.

17) 『조선일보』, 1931. 3. 7~11.

18) 『동아일보』, 1931. 8. 27~29.

19) 『삼천리』, 1933. 4.

20) 「코스모포리탄 日記」, 『삼천리』, 1933. 4.

21) 『문장』, 1940. 2.

22) 「신문기자로서 最初의 印象」, 『철필』, 1930. 7.

23) 『김기림전집』 1, 269쪽에는 '千九百五十年'으로 되어 있으나 원
    문 확인하여 '千九百三十年'으로 수정함.

24) 「詩人과 詩의 槪念」, 『조선일보』, 1930. 7. 24~30.

25) 정순진, 「김기림문학 연구」, 충남대 박사학위논문, 1990. 2, 17
    쪽 참조.

26) 이숭원, 『20세기 한국시인론』, 국학자료원, 1997, 124~126쪽.

27) 이남호, 「현실과 문학과 모더니즘」, 정순진 엮음, 『김기림』, 새미,
    1999, 41쪽.

28) 『조선일보』, 1931. 1. 29~2. 2.

29) 『조선일보』, 1931. 3. 3~21.

30) 『동광』, 1931. 9.

31) 『신동아』, 1933. 7.

32) 『신가정』, 1933. 12.

33) 정순진, 앞의 글, 1990, 94쪽.

34) 최시한, 「김기림의 소설과 희곡에 대하여」, 정순진 엮음, 앞의

책, 1999, 268쪽.

35) 이숭원, 『정지용 시의 심층적 탐구』, 태학사, 1999, 139쪽.

36) 「文壇不參記」, 『문장』, 1940. 2.

37) 「李箱의 모습과 藝術」, 『이상선집』, 백양당, 1949.

38) 김윤식, 『이상연구』, 문학사상사, 1987, 167쪽 참조.

39) 김학동, 『김기림평전』, 새문사, 2001, 326~328쪽.

40) 『조광』, 1937. 6.

41) 「故 李箱의 追憶」, 『조광』, 1937. 6.

42) 김학동, 앞의 책, 2001, 같은 부분.

43) 『중앙』, 1935. 4.

44) 이숭원, 『20세기 한국시인론』, 129~132쪽 참조.

45) 김용직, 「모더니즘의 시도와 실패」, 『한국현대시연구』, 일지사, 1974, 267쪽, 268쪽.

46) 김시태, 「형이상시의 이념」, 『문학과 삶의 성찰』, 이우, 1984, 113쪽.

47) 오세영, 『20세기 한국시 연구』, 새문사, 1989, 150쪽.

48) 『신동아』, 1934. 2.

49) 『조선일보』, 1935. 11. 2~13.

50) 『조광』, 1935. 12~1936. 2.

51) 최시한, 앞의 글, 1999, 269~282쪽.

52) 『시원』, 1935. 2.

53) 『조선일보』, 1935. 11. 29~12. 6.

54) 『조선일보』, 1935. 2. 10~14.

55) 홍기돈, 「일제강점기 김기림의 의식 변모 양상」, 『근대를 넘어서려는 모험들』, 소명출판, 2007, 45쪽.

56) 『조선일보』, 1936. 1. 29.

57) 「『사슴』을 안고」, 『조선일보』, 1936. 1. 29.

58) 『풍림』, 1937. 4.

59) 최재서, 「二月詩壇評」, 『인문평론』, 1940. 3, 62쪽, 63쪽.

60) 『조선일보』, 1936. 12. 23~24.

61) 『신동아』, 1934. 3.

62) 김유중, 『김기림』, 174쪽에 의하면 이것은 김기림의 도호쿠제 대 동기동창인 신태식 씨의 증언이라고 함.

63) 을유문화사, 1950.

64) 김윤식, 『한국현대시론비판』, 일지사, 1975, 249쪽: 문덕수, 『한 국모더니즘시 연구』, 시문학사, 1981, 207~213쪽.

65) 홍기돈, 앞의 책, 2007, 57쪽.

66) 이숭원, 『한국현대시 감상론』, 집문당, 1996, 119쪽.

67) 「모더니즘의 歷史的 位置」, 『인문평론』, 1939. 10.

68) 김윤식, 『한국근대문학사상사』, 한길사, 1984, 472~475쪽.

69) 김유중, 『한국모더니즘문학의 세계관과 역사의식』, 태학사, 1996, 67쪽.

70) 홍기돈, 앞의 책, 2007, 64~68쪽.

71) 『조광』, 1939. 9.

72) 『인문평론』, 1939. 10.

73) 『문장』, 1939. 11.

74) 『인문평론』, 1940. 4.

75) 『춘추』, 1941. 2.

76) 『문장』, 1941. 4. 폐간호.

77) 김재용, 「김기림─동시성의 비동시성과 침묵의 저항」, 『협력과 저항』, 소명출판, 2004, 80쪽, 81쪽.

78) 김규동, 「아 기림 선생과 인환」, 『시인의 빈 손』, 소담출판사,

1994, 81쪽.

79) 김규동, 「영원한 나의 스승 시인 金起林」, 『광장』, 1988. 1, 137쪽.

80) 김유중, 앞의 책, 1996, 201쪽.

81) 김학동, 앞의 책, 2001, 58쪽.

82) 신문화연구소, 1946.

83) 이숭원, 앞의 책, 1999, 52쪽.

84) 조선문학가동맹 엮음, 최원식 해제, 『건설기의 조선문학』, 온누리, 1988, 68쪽.

85) 아문각, 1948. 4.

86) 평범사, 1948. 12.

87) 『이북통신』, 1950. 1.

88) 『주간서울』 88호, 1949. 1. 10(『서정시학』, 2005 봄호, 148쪽, 149쪽에서 재인용).

89) 『연합신문』, 1950. 5. 24.

참고문헌

『김기림전집』 1-6, 심설당, 1988.

김규동, 「영원한 나의 스승 시인 김기림」, 『광장』, 1988. 1.

_____, 『시인의 빈 손』, 소담출판사, 1994.

김시태, 『문학과 삶의 성찰』, 이우, 1984.

김용직, 『한국현대시연구』, 일지사, 1974.

김유중, 『김기림』, 문학세계사, 1996.

_____, 『한국 모더니즘 문학의 세계관과 역사의식』, 태학사, 1996.

김윤식, 『이상연구』, 문학사상사, 1987.

_____, 『한국근대문학사상사』, 한길사, 1984.

_____, 『한국현대시론비판』, 일지사, 1975.

김재용, 『협력과 저항』, 소명출판, 2004.

김학동, 『김기림평전』, 새문사, 2001.

문덕수, 『한국 모더니즘시 연구』, 시문학사, 1981.

방민호, 「해방 공간에서 사라진 김기림 시」, 『서정시학』 25호, 2005
　　　봄호.

오세영, 『20세기 한국시 연구』, 새문사, 1989.

이남호, 「현실과 문학과 모더니즘」, 정순진 엮음, 『김기림』, 새미,
　　　1999.

이숭원, 『한국 현대시 감상론』, 집문당, 1996.

_____, 『20세기 한국시인론』, 국학자료원, 1997.

_____, 『정지용 시의 심층적 탐구』, 태학사, 1999.

_____, 『백석 시의 심층적 탐구』, 태학사, 2006.

정순진, 「김기림문학연구」, 충남대 박사학위논문, 1990. 2.

조선문학가동맹 엮음, 최원식 해제, 『건설기의 조선문학』, 온누리, 1988.

최시한, 「김기림의 소설과 희곡에 대하여」, 정순진 엮음, 『김기림』, 새미, 1999.

최재서, 「이월시단평」, 『인문평론』, 1940. 3.

홍기돈, 『근대를 넘어서려는 모험들』, 소명출판, 2007.

김기림 연보

1908년(1세)   5월 11일(음력 4월 12일) 함경북도 학성군 학중면 임명동 276번지에서 아버지 김병연(金秉淵)과 어머니 밀양 박씨(密陽朴氏) 사이에서의 6녀 1남 중 막내로 태어남. 아명은 인손(寅孫). 호는 편석촌(片石村). 본관은 선산(善山). 가본적은 서울특별시 종로구 이화동 196번지. 아버지 김병연은 젊어서 만주와 시베리아 등지를 오가며 토목사업으로 성공하였고, 후에 고향에 대규모 전답과 과수원을 매입하여 경영함.

1914년(7세)   4월, 4년제의 임명보통학교에 입학. 이해 가을에 어머니 밀양 박씨가 임명동 자택에서 장티푸스로 병사하고 셋째누이 신덕(信德)도 같은 병으로 사망함. 이어 단천 지역에서 전주 이씨가 계모로 들어옴. 이러한 일련의 사건들은 성장기에 있었던 김기림에게 상당한 충격을 줌. 어른이 된 후 그는 이 시기를 회상하며 감상적이고 민감한 성격의 소년이었다고 고백함.

1918년(11세) 보통학교를 마친 후, 백부 김병문(金秉文)의 뜻에 따라 한학자 한 분을 초빙해 자택에서 2, 3년간 한문과 글씨를 공부함. 어린 나이로 어촌 출신의 나주 김씨와 첫 번째 결혼을 하였는데, 서로 뜻이 맞지 않아 3년쯤 살다가 돌아갔다고 함.

1919년(12세) 성진에 있는 농업전수학교에 입학하여 약 1년간 다님. 이 무렵 성진에 따로 나가 살던 막내누이 선덕과 자주 어울림.

1921년(14세) 서울에 있는 보성고등보통학교에 입학함. 당시 명문인 경성고등보통학교로의 진학을 원했으나, 경성고보는 일본인 학교라는 백부의 만류에 의해 보성고보로 진학하였다고 함.

1923년(16세) 보성고등보통학교 3학년 때 수학여행시 갑작스런 발병으로 이후 1년여간 장기휴학하고, 고향으로 돌아와 요양함.

1925년(18세) 보성고보로 복학하지 않고 곧바로 일본 도쿄 소재의 릿쿄(立教)중학교 4학년에 편입함. 이때 일본의 규슈(九州)에서 도쿄로 온 누나 선덕과 함께 2년간 자취생활을 함.

1926년(19세) 5년제 졸업자격시험에 합격하여 릿쿄중학을 졸업하고 이해 4월에 니혼(日本)대학 전문부 문학예술과에 입학함. 가을에 백부 김병문이 고향 자택에서 사망함.

1927년(20세) 김기림이 니혼대학 2학년 재학중일 때 도쿄의전(東京醫專) 입학을 앞두고 열심히 공부하던 선덕 누나가 갑자기 고향으로 돌아가고 혼자 남게 됨. 선덕 누나는 다시 오지 못하고 고향에서 교편을 잡고 있다가 다음해에 결혼함.

1928년(21세)   백부의 삼년상을 치르고 난 뒤, 그동안 사귀어왔던
이월녀(李月女)와 약혼. 월녀는 서울의 근화여학
교(덕성여고 전신)를 졸업했는데, 기림과 줄곧 사
귀어왔지만 백부의 완강한 반대로 결혼하지 못함.
약혼 후 월녀는 기림과 함께 일본에 가서 학교에 적
을 두었지만, 몸이 약해서 귀국하여 요양함.

1929년(22세)   3월에 니혼대학을 졸업하고 귀국하여 4월 20일자
로『조선일보』사회부 기자로 임용됨. 뒤에 학예부
신설로 학예부 기자로 옮김. 이때 신문사에서 가깝
게 지내던 이들로는 양재하 · 이홍직 · 이여성 · 설
의식 등을 들 수 있음.

1930년(23세)   3월경, 이월녀와 결혼하고 서울에 신혼살림을 차림.
한편, 이 무렵부터 문필활동을 시작하였는데, 초기
에는 주로 G. W.라는 필명으로 글을 발표함.

1931년(24세)   아내 이월녀가 병약하여 조선일보사를 잠시 휴직
하고 둘이 함께 고향으로 돌아감. 이월녀가 몸이
약해서 아이를 못 갖기 때문에 스스로 친정으로 돌
아가 이혼 상태가 됨. 그러나 문필활동은 더욱 활
발해짐.

1932년(25세)   1월, 주위 어른들의 소개로 길주(吉州) 출신의 신
보금(申寶金, 평산 신씨, 호적명 김원자〔金園子〕)을
만나 결혼함. 조선일보사에 다시 복직하여 기자로
활동하는 한편 꾸준히 작품 창작에 몰두함.
12월, 장남 세환(世煥)이 고향 임명동 자택에서 태
어남.

1933년(26세) 8월 30일, 이종명·김유영·이태준·이무영·이
효석·정지용·조용만·유치진 등과 함께 구인회
를 결성하고 회원으로 활동함. 몇 차례 회원 변동
이 있었으나 김기림은 1936년 3월 이 모임의 회지
인『시와소설』이 발간될 때까지 줄곧 관여함.

1935년(28세) 3월, 장녀 세순(世順)이 고향 임명동에서 태어남.
대표작인 장시「기상도」를 잡지『중앙』과『삼천리』
에 연재함.

1936년(29세) 4월, 조선일보사를 휴직하고 동 신문사에서 후원
하는 정상장학회의 장학생 자격으로 일본 센다이
(仙臺) 소재의 도호쿠제대 법문학부 영문과에 입
학함. 장학금 외에 고향에서 별도의 학비를 보조받
았던 까닭에 비교적 여유 있는 생활을 할 수 있었음.
7월, 첫 시집인『기상도』가 이상의 편집에 의해 창
문사에서 발간됨.

1937년(30세) 구인회 동료 회원으로 김기림을 따르던 이상이 2
월에 도일하였으나 만나지 못하다가 3월 20일 도
쿄에서 만남. 당시 이상은 죽음 직전의 상태였고
결국 4월 17일 새벽에 사망함.

1938년(31세) 5월, 차남 세윤(世允), 고향 임명동에서 태어남.

1939년(32세) 도호쿠제대 졸업. 졸업논문으로는 영국 주지주의
문예비평가인 리처즈(I. A. Richards)론을 제출함.
이 논문은 태평양전쟁 시 미군 폭격기의 폭격으로
소실되었다고 함. 귀국 후 다시 조선일보사에 복직
하여 근무. 처와 자식들을 솔거하여 서울 종로구 충
신동 62의 10에 자리잡음.

	9월, 도호쿠제대 유학 이전에 발표했던 시들을 모
	아 제2시집『태양의 풍속』을 학예사에서 간행함.
1940년(33세)	서울 종로구 이화동 196번지로 이사. 아버지 병연,
	고향인 임명동에서 사망함.
	7월, 차녀 세라(世羅)가 태어났고, 8월에『조선일
	보』가 폐간되어 얼마간 서울에서 실직 상태로 지냄.
1941년(34세)	4월,『문장』과『인문평론』이 폐간되고 최재서가 친
	일 잡지인『국민문학』주간을 맡고 김기림의 도움
	을 요청하였으나 끝까지 사양하고 낙향함. 이후 해
	방이 될 때까지 절필 상태로 지냄.
	5월경, 고향 근처 경성(鏡城)의 경성고등보통학교
	에 영어과 교사로 부임한 후에 영어교육이 폐지되
	자 수학을 가르침.
1944년(37세)	경성중학교 교사직을 사임하고 고향으로 돌아가
	칩거함.
1945년(38세)	8·15해방을 맞이한 후 9월 28일에 다시 서울로 올
	라옴. 처음에는 장남 세환과 하숙을 하였으나, 그
	후 종로구 이화동에 새로 집을 마련함. 이 무렵부
	터 6·25 직전까지 서울대 사대와 연희대·중앙대
	등지의 영어과 전임 교수로, 동국대·국학대 등 시
	내 몇몇 대학에는 강사로 활동함. 이 무렵 좌우합작
	문인단체인 조선문학건설본부에 가담하여 활동함.
1946년(39세)	조선문학건설본부가 조선프롤레타리아문학동맹을
	흡수하여 조선문학가동맹(위원장 홍명희)으로 개
	칭됨에 따라 자동적으로 이 단체에 가담함. 이 단
	체의 중앙집행위원 및 시분과위원장, 서울시문학

가동맹 위원장을 겸함. 이 무렵 30년대 이래 자신이 추구해왔던 모더니즘의 방법론에서 탈피하여 새로운 방향으로의 전환을 시도함.

4월, 제3시집 『바다와 나비』가 신문화연구소에서 간행됨.

5월, 삼남 세훈(世勳)이 고향 임명동에서 태어남.

12월, 『문학개론』 초판이 문우인서관(文友印書館)에서 간행됨.

1947년(40세) 겨울에 평양을 거쳐 고향인 임명동으로 돌아가 자녀들을 데리고 서울로 돌아옴. 당시 부인은 어린 아들 세훈 때문에 고향에 남아 가산을 정리함.

11월, 시론집 『시론』이 백양당에서 간행됨.

1948년(41세) 봄에 부인이 세훈과 함께 서울에 옴. 그리하여 온 가족이 모이게 되어 이화동 자택에서 거주함.

4월, 제4시집 『새노래』가 아문각에서 간행됨.

6월, 번역서 『과학개론』이 을유문화사에서 간행됨.

9월, 『기상도』 중판이 산호장에서 간행됨.

정부수립 이후인 10월, 조선문학가동맹과의 관계를 청산하고 보도연맹에 가입하였고, 12월 9일 한국문학가협회 정식회원이 됨.

12월, 수필집 『바다와 육체』가 평범사에서 간행됨.

1950년(43세) 2월, 교양서인 시론집 『학생과 학원』(유진오 · 이건호 · 최호진 · 김기림 공저)이 수도문화사에서 간행됨.

4월, 시 이론서 『시의 이해』와 교양서인 『문장론신강』이 각각 을유문화사와 민중서관에서 간행됨.

미국에 교환교수 파견 준비 중이던 여름 6·25를 겪게 되는데, 미처 피난 가지 못하고 서울에 머물러 있다가 북에서 내려온 정치보위부 기관원들에 의해 시내 거리에서 강제연행당함. 잠시 서대문 형무소의 수감생활을 거쳐, 8월 하순 무렵 북으로 이송된 것으로 알려짐.

1987년(80세) 1970년대로부터 1980년대 중반까지 정지용·김기림 문학의 해금을 위한 진정이 계속 이어짐. 6월 29일의 시국선언과 함께 또다시 이들에 대한 해금 논의가 전례없이 세차게 확대됨. 그리하여 11월, 이들에 대한 연구서의 해금이 이루어짐.

1988년(81세) 2월, 『김기림전집』 1권(시집), 2권(시론집)이 심설당에서 간행됨.

4월, 김기림·정지용 및 납월북문인 작품에 대한 전면 해금이 단행됨.『김기림전집』 3권(문학론), 4권(문장론)이 심설당에서 간행됨. 김기림기념사업회가 발족됨(발기인: 김광균—위원장, 조병화—간사장, 구상·송지영·정비석·김규동·김경린·서기원·양병식·조경희·최호진·원형갑·이종복·김학동).

5월 11일, 조선일보사 협찬, 김기림기념사업회에서 주간하여 제1회 '김기림 문학의 밤'이 열림.

6월, 『김기림전집』 5권(소설·희곡·수필)이 심설당에서 간행됨.

7월, 『김기림전집』 6권(문명비평·시론·독서·기타)이 심설당에서 간행됨.

1990년(83세) 5월 11일, 김광균 등이 주관하여 모교인 보성고등
학교(혜화동에서 이전하여 현재 송파구 방이동 소
재)의 교정에 시비를 세움. 비면에는 대표작 「바다
와 나비」의 전문이 새겨져 있음.

작품목록

제목	게재지 · 출판사	연도

■ 시

제목	게재지 · 출판사	연도
가거라 새로운 生活로	조선일보	1930. 9. 6
슈-르레알리스트	조선일보	1930. 9. 3
가을의 太陽은 「플라티나」의 燕尾服을 입고		
	조선일보	1930. 10. 1
屍體의 흘음	조선일보	1930. 10. 11
저녁별은 푸른 날개를 흔들며		
	조선일보	1930. 12. 14
훌륭한 아츰이 아니냐	조선일보	1931. 1. 8
詩論	조선일보	1931. 1. 16
꿈꾸는 眞珠여 바다로 가자	조선일보	1931. 1. 23
木馬를 타고 온다던 새해가	조선일보	1931. 3. 1
出發	조선일보	1931. 3. 27
三月의 「프리즘」	조선일보	1931. 4. 23
屋上庭園(散文詩)	조선일보	1931. 5. 31

戀愛의 斷面	조선일보	1931. 6. 2
SOS	조선일보	1931. 6. 2
撒水車	삼천리(3권 7호)	1931. 7
날개만 도치면	신동아(1권 1호)	1931. 11
苦待	신동아(1권 1호)	1931. 11
아침해 頌歌	삼천리(3권 12호)	1931. 12
가을의 果樹園	삼천리(3권 12호)	1931. 12
어머니 어서 이러나요	동아일보	1932. 1. 9
오―어머니여	신동아(2권 2호)	1932. 2
잠은 나의 배를 밀고	삼천리(4권 4호)	1932. 4
봄은 電報도 안 치고	신동아(2권 4호)	1932. 4
오―汽車여(한 개의 實驗詩)	신동아(2권 7호)	1932. 7
아롱진 記憶의 옛바다를 건너		
	신동아(2권 12호)	1932. 12
暴風警報	신동아(2권 12호)	1932. 12
黃昏	제일선(2권 11호)	1932. 12
바닷가의 아침	신동아(3권 1호)	1933. 1
祈願	신동아(3권 1호)	1933. 1
새날이 밝는다	신동아(3권 1호)	1933. 1
離別	신동아(3권 3호)	1933. 3
十五夜	신동아(3권 3호)	1933. 3
街燈	신동아(3권 3호)	1933. 3
람프	신동아(3권 3호)	1933. 3
구두	신동아(3권 3호)	1933. 3
午後의 꿈은 날줄을 모른다	신동아(3권 4호)	1933. 4
들은 우리를 부르오	신동아(3권 4호)	1933. 4

古典的인 處女가 있는 風景	신동아(3권 5호)	1933. 5
噴水 ―S氏에게	조선일보	1933. 5. 6
遊覽뻐스―動物園	조선일보	1933. 6. 23
遊覽뻐스―光化門 ①	조선일보	1933. 6. 23
遊覽뻐스―慶會樓	조선일보	1933. 6. 23
遊覽뻐스―光化門 ②	조선일보	1933. 6. 23
遊覽뻐스―파고다 公園	조선일보	1933. 6. 23
遊覽뻐스―南大門	조선일보	1933. 6. 23
遊覽뻐스―漢江人道橋	조선일보	1933. 6. 23
한여름	카톨닉청년(1권 3호)	1933. 8
海水浴場의 夕陽	카톨닉청년(1권 3호)	1933. 8
카피盞을 들고	신여성(7권 8호)	1933. 8
하로ㅅ길이 끗낫슬 때	신여성(7권 8호)	1933. 8
林檎밧	신가정(1권 11호)	1933. 9
나의 探險船	신동아(3권 9호)	1933. 9
바다의 서정시	카톨닉청년(1권 5호)	1933. 10
戰慄하는 世紀	학등(1권 1호)	1933. 10
가거라 너의 길을	신가정(1권 11호)	1933. 11
日曜日 行進曲	신가정(1권 11호)	1933. 11
編輯局의 午後 한 時 半	신동아(1권 3호)	1933. 11
어둠의 흐름	신여성(1권 3호)	1933. 11
밤	조선문학(1권 4호)	1933. 11
飛行機	조선문학(1권 4호)	1933. 11
새벽	조선문학(1권 4호)	1933. 11
貨物自動車	중앙(1권 2호)	1933. 12
밤의 SOS	카톨닉청년(2권 1호)	1934. 1

첫사랑	개벽(1권 1호)	1934. 1
散步路	문학(1권 1호)	1934. 1
초승달은 掃除夫	문학(1권 1호)	1934. 1
食料品店	신여성(8권 1호)	1934. 1
나의 聖書의 一節	조선문학(2권 1호)	1934. 1
小兒聖書	조선문학(2권 1호)	1934. 1
날개를 펴렴으나	조선일보	1934. 1. 1
航海의 一秒前	조선일보	1934. 1. 3
거지들의 크리스마쓰 頌	형상(1권 1호)	1934. 2
님을 기다림	신가정(2권 3호)	1934. 3
스케이팅	신동아(4권 3호)	1934. 3
惡魔	중앙(2권 3호)	1934. 3
詩 ①	중앙(2권 3호)	1934. 3
詩 ②	중앙(2권 3호)	1934. 3
除夜詩	중앙(2권 3호)	1934. 3
港口	학등(2권 2호)	1934. 3
煙突	학등(2권 2호)	1934. 3
호텔	신동아(4권 5호)	1934. 5
아스팔트	중앙(2권 5호)	1934. 5
風俗(近作詩 1)	조선일보	1934. 5. 13
觀念訣別(近作詩 2)	조선일보	1934. 5. 15
五月	조선일보	1934. 5. 16
商工運動會(近作詩 3)	조선일보	1934. 5. 16
旅行	중앙(2권 7호)	1934. 7
裝飾	신가정(2권 8호)	1934. 8
七月의 아가씨	조선일보	1934. 8. 2

航海	조선일보	1934. 8. 15
旅行風景(上) 序詩	조선일보	1934. 9. 19
旅行風景(上)(1) 待合室	조선일보	1934. 9. 19
旅行風景(上)(2) 海水浴場	조선일보	1934. 9. 19
旅行風景(上)(3) 咸鏡線	조선일보	1934. 9. 19
旅行風景(上)(4) 高遠附近	조선일보	1934. 9. 19
旅行風景(上)(5) 元山以北	조선일보	1934. 9. 19
旅行風景(上)(6) 마을	조선일보	1934. 9. 19
旅行風景(上)(7) 風俗	조선일보	1934. 9. 19
旅行風景(上)(8) 咸興平野	조선일보	1934. 9. 19
旅行風景(上)(9) 不幸한 女子	조선일보	1934. 9. 19
旅行風景(中)(10) 新昌驛	조선일보	1934. 9. 20
旅行風景(中)(11) 숨박곱질	조선일보	1934. 9. 20
旅行風景(中)(12) 뽀이	조선일보	1934. 9. 20
旅行風景(中)(13) 東海	조선일보	1934. 9. 20
旅行風景(中)(14) 食虫	조선일보	1934. 9. 20
旅行風景(中)(15) 東海水	조선일보	1934. 9. 20
旅行風景(下)(16) 벼록이	조선일보	1934. 9. 21
旅行風景(下)(17) 바위	조선일보	1934. 9. 21
旅行風景(下)(18) 물	조선일보	1934. 9. 21
旅行風景(下)(19) 따리아	조선일보	1934. 9. 21
旅行風景(下)(20) 山村	조선일보	1934. 9. 21
旅行風景(下)(21) 바다의 女子		
	조선일보	1934. 9. 21
光化門通	중앙(2권 9호)	1934. 9
海邊詩集(1) 汽車	중앙(2권 10호)	1934. 10

海邊詩集(2) 停車場	중앙(2권 10호)	1934. 10
海邊詩集(3) 潮水	중앙(2권 10호)	1934. 10
海邊詩集(4) 孤獨	중앙(2권 10호)	1934. 10
海邊詩集(5) 에트란제(異邦人)		
	중앙(2권 10호)	1934. 10
海邊詩集(6) 밤港口	중앙(2권 10호)	1934. 10
海邊詩集(7) 破船	중앙(2권 10호)	1934. 10
海邊詩集(8) 待合室	중앙(2권 10호)	1934. 10
鄕愁	조선일보	1934. 10. 16
가을의 누나	중앙(2권 11호)	1934. 11
戱畫	카톨닉청년(2권 11호)	1934. 11
마음	카톨닉청년(2권 11호)	1934. 11
밤	카톨닉청년(2권 11호)	1934. 11
窓	개벽(2권 1호)	1935. 1
층층계	시원(1권 1호)	1935. 2
俳優	시원(1권 1호)	1935. 2
膳物	중앙(3권 2호)	1935. 2
戀愛	중앙(3권 2호)	1935. 2
들은 우리를 부르오	삼천리(7권 3호)	1935. 3
나	시원(1권 2호)	1935. 4
生活	시원(1권 2호)	1935. 4
習慣	시원(1권 2호)	1935. 4
氣象圖―I 아침의 표정	중앙(3권 5호)	1935. 5
氣象圖―I 시민행렬	중앙(3권 5호)	1935. 5
氣象圖―I 태풍의 起寢	중앙(3권 5호)	1935. 5
氣象圖―I 손(第一報, 第二報, 폭풍경보府의 揭示板)		

	중앙(3권 5호)	1935. 5
바다의 鄕愁	조선일보	1935. 6. 24
氣象圖─Ⅱ 滿潮로 向하야	중앙(3권 7호)	1935. 7
기적(산문시)	삼천리(7권 9호)	1935. 9
바다	조광(1권 1호)	1935. 11
氣象圖─Ⅲ 올배미의 노래	삼천리(7권 11호)	1935. 11
氣象圖─Ⅳ 車輪은 듯는다	삼천리(7권 12호)	1935. 12
금붕어	조광(1권 2호)	1935. 12
戀愛와 彈石機	삼천리(8권 1호)	1936. 1
어떤 戀愛	삼천리(8권 1호)	1936. 1
祝電	삼천리(8권 1호)	1936. 1
除夜	시와 소설(1권 1호)	1936. 3
關北紀行斷章─夜行列車	조선일보	1936. 3. 14
機關車	조선일보	1936. 3. 14
山驛	조선일보	1936. 3. 14
마을(가~다)	조선일보	1936. 3. 16
故鄕(가~다)	조선일보	1936. 3. 17
豆滿江	조선일보	1936. 3. 18
國境(가~라)	조선일보	1936. 3. 18~19
밤중	조선일보	1936. 3. 19
東海의 아침	조선일보	1936. 3. 19
肉親(가~나)	조선일보	1936. 3. 2
出程	조선일보	1936. 3. 2
파랑 港口	여성(1권 1호)	1936. 4
追憶	여성(1권 3호)	1936. 6
「아프리카」狂想曲	조광(2권 7호)	1936. 7

小曲	조광(7권 4호)	1941. 4
새벽의 「아담」	조광(8권 1호)	1942. 1
年輪	춘추(3권 5호)	1942. 5
靑銅	춘추(3권 5호)	1942. 5
파도소리 헤치고	신문예(1권 1호)	1945. 12
智慧에게 바치는 노래	해방기념시집	1945. 12
우리들의 八月로 도라가자	자유신문	1945. 12. 1
두견새	학병(1권 2호)	1946. 2
모다들 돌아와 있고나	서울신문	1946. 2
진달래 피는 나라	한성일보	1946. 3. 5
殉敎者	신문학(1권 1호)	1946. 4
시집 『바다와 나비』	신문화연구소	1946. 4
나의 노래	서울신문	1946. 4
말과 피스톨	중앙신문	1946. 4. 27
무지개	대조(1권 2호)	1946. 6
새나라 頌	문학(1권 1호)	1946. 7
어린 共和國이여	신문예(2권 2호)	1946. 7
한 旗ㅅ발 받들고	인민평론	1946. 7
다시 八月에	독립신문	1946. 8. 2
우리들 모두의 깃쁨이 아니냐	민성(9호)	1946. 8
戀歌	협동	1947. 1
詩와 文化에 부치는 노래	문화창조(2권 1호)	1947. 3
人民工場에 부치는 노래	문학평론(1권 3호)	1947. 4
民主主義에 부침	새한민보	1947. 6
句節도 아닌 두서너 마디 더듬는 말인데도		
	개벽(9권 1호)	1947. 8

希望	신천지(2권 10호)	1947. 12
새해의 노래	자유신문	1948. 1. 4
시집『새노래』	아문각	1948. 4
쏀토-르	개벽(10권 3호)	1948. 5
재산	민성	1948. 7·8 합병호
새해 앞에 잔을 들고	주간서울	1949. 1. 10
哭 白凡先生	국도신문	1949. 6. 3
祖國의 노래	연합신문	1950. 5. 24

■수필

豆滿江과 流筏	삼천리	1930. 9
一人一文: 찡그린 都市風景	조선일보	1930. 11.11
都市風景 1 · 2	조선일보	1931. 2. 21~24
어째서 네게는 날개가 없느냐	조선일보	1931. 3. 7~11
食前의 말―우리의 文學	조선일보	1931. 4. 7~9
環境은 無罪인가?―死體에 채질하는 冷情에 抗하야		
	비판	1931. 6
바다의 誘惑(상 · 중 · 하)	동아일보	1931. 8. 27~29
聽衆 없는 音樂會	문예월간	1932. 1
별들을 잃어버린 사나이	신동아	1932. 2
결혼	신동아	1932. 3
붉은 鬱金香과 '로이드'眼鏡	신동아	1932. 4
月世界旅行	신동아	1932. 8
가을의 裸像	동광	1932. 9
잊어버린 傳說의 거리―그 江山과 그 文學		

	신동아	1932. 9
첫 기러기	신동아	1932. 12
黃金行進曲	삼천리	1933. 1
에트란제의 第一課	조선일보	1933. 1. 2~3
生活戰線偵察	삼천리	1933. 1
生活과 파랑새	신동아	1933. 1
'앨범'에 부처둔 '노스탈자'	신여성	1933. 2
봄의 傳令(北行列車를 타고)	조선일보	1933. 2. 22
立春風景	신여성	1933. 3
비지	제일선	1933. 3
밤거리에서 집은 憂鬱(春宵의 로만스)		
	신동아	1933. 4
코스모포리탄 日記	삼천리	1933. 4
종달새와 까치(心琴을 울린 文人의 이 봄)		
	동아일보	1933. 4. 22
心臟 없는 汽車	신동아	1933. 5
잊어버리고 싶은 나의 港口	신동아	1933. 5
五月의 아침	신동아	1933. 6
어둠속에 흐르는 반딧불 하나		
	신가정	1933. 7
웃지 않는 '아폴로', 그리운 '폰'의 午後		
	조선일보	1933. 7. 2
바다의 幻想	신가정	1933. 8
未來透視機	신여성	1933. 8
어느때나 電車는 民主主義者	조선중앙일보	1933. 8. 7~8
어린 山羊의 思春期	신여성	1933. 9

길	조광	1936. 3
女像四題	여성	1936. 4
촌 아주머니(村婦)	여성	1936. 6
林檎의 輓歌	조선일보	1936. 9. 3
殊方雪信	조선일보	1936. 12. 24~25
故 李箱의 追憶	조광	1937. 6
旅行	조선일보	1937. 7. 25~28
인제는 늙은 望洋亭 — 어린 꿈이 航海하는 저 水平線		
	조선일보	1937. 7. 31
山 — 詩人 散文	조선일보	1939. 2. 16
朴泰遠兄에게(느티나무 아래)		
	여성	1939. 5
서울 색시 · 窓 — 파라솔	여성	1939. 6
'心紋'의 生理	조선일보	1939. 6. 2
東洋의 美德	문장	1939. 9
落葉日記	조선일보	1939. 11. 22~28
소나무頌	여성	1940. 1
文壇不參記	문장	1940. 2
斷念	문장	1940. 5
퍼머넌트(語彙集)	조선일보	1940. 7. 17
幸福(〃)	조선일보	1940. 7. 18
奇蹟의 心理(〃)	조선일보	1940. 7. 19
雄辯(〃)	조선일보	1940. 7. 20
목의 問題(〃)	조선일보	1940. 7. 21
逃亡	조선일보	1940. 8. 2
公憤(語彙集)	조광	1940. 10

健康	조광	1941. 3
健忘症	국민문학	1942. 3
分院遊記	춘추	1942. 7
榮光스러운 三月	한성일보	1946. 3. 2
슬픈 暴君	민성	1948. 3
肉體에 타이르노니	신세대	1948. 5
바다와 肉體(수필집)	평범사	1948. 12
나의 서울 設計圖	민성	1949. 4
꽃에 부쳐서	국도신문	1949. 4. 10~11

■ 평론

午後와 無名作家들 ─ 日記帖에서
        조선일보   1930. 4. 27~5. 3

詩人과 詩의 槪念 ─ 根本的 疑惑에 대하여
        조선일보   1930. 7. 24~30

'노벨' 文學受賞者의 푸로필 조선일보   1930. 11. 22~12. 9

'피에로'의 獨白 ─ '포에시'에 대한 思索의 斷片
        조선일보   1931. 1. 27

詩의 技術, 認識, 現實 등 諸問題
        조선일보   1931. 2. 11~14

現代詩의 展望 · 象牙塔의 悲劇 ─ '싸포'에서 超現實派까지
        동아일보   1931. 7. 30~8. 9

文藝時評 ─ 〈紅焰〉에 나타난 意識의 흐름
        삼천리   1931. 11

新民族主義文學運動 동아일보   1932. 1. 1

将來 할 朝鮮文學은?―朝鮮의 舞臺에서 世界文學의 方向으로
조선일보　　　　　1934. 11. 14~18

将來 할 朝鮮文學은?―新휴매니즘의 要求
조선일보　　　　　1934. 11. 14~18

将來 할 朝鮮文學은?―怠慢·休息·脫走에서 批評文學의 再建에
조선일보　　　　　1934. 11. 14~18

新春朝鮮詩壇展望(1~4)　조선일보　　　　1935. 1. 1~5

現代詩의 技術(詩의 繪畫性) 시원　　　　1935. 2

詩에 있어서의 技術主義 反省과 發展
조선일보　　　　　1935. 2. 10~14

現代詩의 肉體 ―感傷과 明朗性에 대하야
시원　　　　　　　1935. 4

午前의 詩論 ―第一篇 基礎論 現代詩의 周圍
조선일보　　　　　1935. 4. 20~5. 2

午前의 詩論 ―第一篇 基礎論 詩의 時間性
조선일보　　　　　1935. 4. 20~5. 2

午前의 詩論 ―第一篇 基礎論 人間의 缺乏
조선일보　　　　　1935. 4. 20~5. 2

午前의 詩論 ―第一篇 基礎論 東洋人
조선일보　　　　　1935. 4. 20~5. 2

午前의 詩論 ―第一篇 基礎論 古典主義와 로맨티시즘
조선일보　　　　　1935. 4. 20~5. 2

午前의 詩論 ―第一篇 基礎論 도라온 詩的感激
조선일보　　　　　1935. 4. 20~5. 2

現代詩의 難解性　　　시원　　　　　　1935. 5

詩의 理解	을유문화사	1950. 4
문장론新講	민중서관	1950. 4
小說의 破格 ― 까뮈의 『페스트』에 대하여		
	문학	1950. 5
時調와 現代	국도신문	1950. 6. 9~11

■ 소설 · 희곡 · 번역

사랑은 競賣 못합니다(스니-드 오그번 작, 콩트 번역)		
	삼천리	1933. 1
最近의 美國評論壇(그랜빌 · 씩스) ① 印象主義者의 一群(번역)		
	조선일보	1933. 8. 4
最近의 美國評論壇(그랜빌 · 씩스) ② 文學作品의 效果問題(번역)		
	조선일보	1933. 8. 5
最近의 美國評論壇(그랜빌 · 씩스) ③ 푸르스트의 價値를		
어떻게 規定할까(번역)	조선일보	1933. 8. 6
어떤 人生(소설)	신동아	1934. 2
繁榮記(소설)	조선일보	1935. 11. 1~13
鐵道沿線(상, 소설)	조광	1935. 12
鐵道沿線(하, 소설)	조광	1936. 1
科學槪論(J.A. Thomson, 번역서)		
	을유문화사	1948. 6
窓머리의 아츰(T.S.엘리엇, 번역시)		
	자유신문	1948. 6
떠나가는 風船(희곡)	조선일보	1931. 1.29~2.2
天國에서 왔다는 사나희(희곡)		

	조선일보	1931. 3.1~21
어머니를 울리는 자는 누구냐?(희곡)		
	동광	1931. 9
미스터 뿔떡(全二幕)(희곡)	신동아	1933. 7
바닷가의 하룻밤(희곡)	신가정	1933. 12

■ 시론(時論)

新聞記者로서 最初의 印象	철필	1930. 7
貞操問題의 新展望	조선일보	1930. 9. 2~14
尖端的 流行語	조선일보	1931. 1. 2~13
剽竊行爲에 대한 '쩌널리즘'의 責任		
	철필	1931. 2
'인텔리'의 將來 ─ 그 危機와 分化過程에 대한 小研究		
	조선일보	1931. 5. 17~24
解消可決前後의 新幹會	삼천리	1931. 6
前獨帝 '카이자' 愛蘭帝相 '떼 · 발레라' 氏		
	삼천리	1932. 3
미쓰 코리아여 斷髮하시오	동광	1932. 9
써클을 鮮明히 하라 ─ 文藝人의 새해 선언		
	조선일보	1933. 1. 4
職業女性의 문제	신여성	1933. 4. 22
女人禁制國	신여성	1933. 4. 22
朱耀翰氏에게	조선중앙일보	1934. 6. 28~29
나의 關心事 ─ 民族과 言語	조선일보	1936. 8. 28
人形의 옷	여성	1940. 7

科學과 人類	조광	1940. 11
啓蒙運動展開에 대한 의견	건설기조선문학	1946. 6
建國運動과 知識階級(좌담회)		
	대조	1946. 6
'아메리카니즘' 餘談	국제신문	1946. 9. 7
出版物配給時急	경향신문	1946. 10. 19
文學者의 말	국학	1947. 1
하나 또는 두 世界	신문평론	1947. 4
어머니와 資本	문화일보	1947. 4. 8
이브의 弱點	만세보	1947. 4. 2
民族과 文學의 隆盛에 필히 成功되기를 熱願		
	경향신문	1947. 6. 6
民族文化의 樹立	문화	1947. 12
새말의 이모저모	학풍	1949. 7
漢字語의 實相	학풍	1949. 10

■ 기타

'나의 總決算'에서	신동아	1932. 12
당신이 제일 이뿐 때는(一鼓一鳴)		
	신가정	1933. 4
어머니(警句)	신가정	1933. 5
協展을 보고	조선일보	1933. 5. 6~12
送年辭	신가정	1933. 12
1934년을 臨하야 文壇에 대한 希望		
	형상	1934. 2

연구서지

강유신, 「김기림 비평 연구―시론』을 중심으로」, 고려대 석사학위
　　논문, 2001. 8.

강유일, 「납북 시인 김기림 미망인 김원자 여사―"남편 이름을 ○○
　　○으로 쓰는 37년의 고통을 상상해 봐요"」, 『주간조선』, 1987.
　　8. 30.

강은교, 「김기림 시론 연구」, 『청천 강용권 박사 송수 기념 논총』,
　　1986. 10.

＿＿＿, 「1930년대 김기림의 모더니즘 연구」, 연세대 박사학위논
　　문, 1987. 8.

고명수, 「한국문학이론과 모더니즘」, 『한국문학연구』 16, 동국대 한
　　국문학연구소, 1993. 12.

＿＿＿, 「한국 모더니즘 문학의 공간체험」, 『동국어문학』 6집, 1994.
　　12.

고봉준, 「김기림 시론의 근대성 연구」, 『고황논집』 25집, 경희대 대
　　학원, 1999. 12.

＿＿＿, 「모더니즘의 초극과 동양인식―김기림의 30년대 중반 이
　　후 비평」, 『한국시학연구』 13, 2005. 8.

고정원, 「1930년대 자유시의 산문지향성 연구―김기림 · 정지용 ·

백석의 시를 중심으로」, 경북대 석사학위논문, 1999. 2.

곽봉재, 「김기림 시의 변모 양상과 서정적 특질」, 『경희어문학』 11 집, 1990. 9.

구모룡, 「식민성 근대주의의 한 양상」, 『문학수첩』 10호, 2005 여름호.

국학자료원 엮음, 『김기림문학연구』(현대문학연구 6), 국학자료원, 1990.

권영민, 「김기림의 비극적 삶과 시세계」, 『문학사상』, 2003. 11.

김 훈, 「한국에 있어서의 모더니즘의 시와 시론」, 서울대 석사학위 논문, 1969. 2.

_____, 「모더니즘의 시사적 고찰」, 『한국 문학사의 쟁점』, 집문당, 1986.

김경린, 「김기림의 현대성과 사회성─그의 포에지와 작품세계를 중심으로」, 『월간문학』 233, 1988. 7.

김광균, 「현대시의 황혼─김기림론」, 『풍림』 5, 1937. 4.

_____, 「신간평─『바다와 나비』」, 『서울신문』, 1946. 5. 19.

김광현, 「김기림씨에 대한 일고」, 『신인』 5, 1948. 3.

김권동, 「한국현대시의 산문시형 정착과 모더니즘 글쓰기 방식─ 김기림을 중심으로」, 『어문학』 86, 2004. 12.

김규동, 「모더니즘의 역사적 의의」, 『월간문학』, 1975. 2.

_____, 「시보다 인간을 더 사랑한 시인─내가 만난 김기림선생」, 『문학사상』 183, 1988. 1.

_____, 「김기림, 시보다 중요한 건 사람이다」, 『길을찾는사람들』 43, 1993. 7.

_____, 「아, 기림 선생과 인환!」, 『시인의 빈손』, 소담출판사, 1994.

김규동·홍일선, 「김기림을 중심으로 한 해방 전후 시문단사〈대담〉」, 『시경』 1호, 2002 가을호.

김기중, 「김기림 연구」, 고려대 석사학위논문, 1985. 2.

_____, 「김기림의 과학적 비평론 연구」, 『한국문예비평연구』 13, 2003. 12.

김덕근, 「주지파 시론의 수용 양상 연구」, 청주대 석사학위논문, 1988. 2.

김동석, 「금단의 과실」, 『批判과 생활』, 박문출판사, 1948.

김두용, 「구인회에 대한 비판」, 『동아일보』, 1935. 7. 28~8. 1.

김명옥, 「김기림의 『기상도』에 관하여」, 『청람어문학』 19집, 청람어문학회, 1997. 7.

_____, 「김기림 시 연구」, 『청람어문학』 20집, 1998. 1.

_____, 『한국 모더니즘 시인 연구』, 한국문화사, 2000.

_____, 「김기림 시에 나타난 모더니티」, 『비평문학』 15호, 2001. 7.

김병욱, 「한국현대시파의 공과」, 『심상』, 1976. 12.

김병택, 「1930년대 한국 모더니즘 시에 나타난 시대 인식」, 『논문집 인문학편』 17, 제주대, 1984. 1.

김승구, 「김기림 수필에 나타난 대중의 의미」, 『동양학』 39, 2006. 2.

김시태, 「구인회 연구」, 『논문집』 7, 제주대, 1976. 2.

_____, 「기교주의 논쟁고」, 『논문집』 8, 제주대, 1977. 2.

_____, 「김기림의 시와 시론」, 『한국문학연구』 4집, 동국대 한국문화연구소, 1981. 12.

김시태 · 이승훈 · 박상천, 「1930년대 한국 모더니즘 연구」, 『한국학논집』 26, 한양대 한국학연구소, 1995. 2.

김영수, 「영미모더니즘의 수용과 거부」, 『안동대학 논문집』 10, 1988. 12.

김영실, 「김기림의 모더니즘 문학관 연구」, 경남대 석사학위논문, 1985. 8.

김영주, 「1920~1930년대 기행시 연구―식민지 풍경의 시적 현현」, 『한국문학논총』 42, 2006. 4.

김용직, 「모더니즘의 시도와 실패―1930년대의 한국시에 관한 연구」, 『서울대 교양과정부 논문집』 6, 서울대 교양과정부, 1974. 4.

_____, 『한국 현대시 연구』, 일지사, 1974.

_____, 「새로운 시어의 혁신과 그 한계」, 『문학사상』, 1975. 1.

_____, 「1930년대 한국시의 스티븐 스펜더 수용」, 『관악어문연구』 4, 서울대 국어국문학과, 1979. 12.

_____, 「한국 현대시의 형성과 전개(1)~(3)」, 『동양문학』 2~4, 1988. 8~10.

_____, 「1930년대 김기림과 황무지―김기림의 비교문학적 접근」, 『한국의 전후문학』, 한국현대문학연구회, 1991.

_____, 「김기림의 모더니티 추구 양상」, 『정기호 박사 회갑기념논총』, 1991.

_____, 「모더니즘과 그 초극 시도―김기림의 경우」, 『세계의문학』 60, 1991. 5.

_____, 「주지주의계 모더니즘」, 『한국현대시사』 1, 한국문연, 1996.

_____, 『김기림―모더니즘과 시의 길』, 건국대학교출판부, 1997.

_____, 『한국현대시인연구』 상·하, 서울대출판부, 2002.

김우창, 「한국시와 형이상―하나의 관점」, 『세대』 60, 1968. 7.

_____, 「한국시와 형이상」, 『궁핍한 시대의 시인』, 민음사, 1977.

김유중, 「김기림의 주지주의 시론 연구―'과학적 시학'을 중심으로」, 서울대 석사학위논문, 1989. 2.

_____, 「1930 년대 후반기 한국 모더니즘 문학의 세계관 연구―김기림과 이상을 중심으로」, 서울대 박사학위논문, 1995. 2.

_____, 「김기림의 래디컬 모더니즘 수용과 그 의의」, 『한국문학과 리얼리즘』, 한국현대문학연구회, 1995.

_____, 「김기림 문학 연구의 문제점」, 『문학사상』 289, 1996. 11.

_____, 『김기림』, 문학세계사, 1996.

_____, 『한국 모더니즘 문학과 그 주변』, 푸른사상, 2006.

김윤식, 「모더니즘의 한계―장서언·편석촌·정지용론」, 『한국근대작가론고』, 일지사, 1974.

_____, 「모더니즘 시 운동 양상」, 『한국현대시론비판』, 일지사, 1982.

_____, 「전체시론―김기림의 경우」, 『한국근대문학사상사』, 한길사, 1984.

_____, 「모더니즘과 리얼리즘의 넘어서기에 대하여」, 『한국근대소설사 연구』, 을유문화사, 1986.

_____, 「정지용과 김기림의 작품 세계」, 『월간조선』, 1988. 3.

_____, 「'쥬피타 추방'에 대한 6개의 주석―이상과 김기림」, 『세계의문학』 58, 1990. 12.

김윤재, 「김기림 시론 재고」, 『이문논총』 13, 한국외국어대 대학원, 1993. 12.

김윤정, 「김기림 문학의 담론 연구―주체의 변모과정을 중심으로」, 서울대 박사학위논문, 2004. 8.

_____, 『김기림과 그의 세계』, 푸른사상, 2005.

김윤태, 「한국모더니즘 시론 연구―김기림의 시론을 중심으로」, 서울대 석사학위논문, 1985. 8.

_____, 「1930년대 한국 현대시론의 근대성 연구―임화와 김기림의 시론을 중심으로」, 서울대 박사학위논문, 2000. 2.

김은전, 「30년대 모더니즘 시운동에 대한 비교문학적 연구(상)」, 『국어교육』 31, 1977. 12.

김인환, 「김기림의 비평」, 『문학과 문학사상』, 열화당, 1970.

김재용,『협력과 저항― 일제 말 사회와 문학』, 소명출판, 2004.

김재홍,「한국모더니즘의 사적 전개」,『심상』, 1976. 12.

_____,「모더니즘과 30년대의 현대시」, 황패강 외 엮음,『한국문학
연구입문』, 지식산업사, 1982.

김정숙,「김기림론―시론 · 문학론을 중심으로」,『세종어문연구』8,
1995. 12.

_____,「김기림 시론을 통해 본 '주체'의 의미변화 연구」, 한국외국
어대 석사학위논문, 1996. 2.

김종구,「김기림의 모더니즘의 시 '시론' 연구」,『한국문학이론과 비
평』23, 2004. 6.

김종길,「한국 현대시에 끼친 T. S. 엘리엇의 영향」,『진실과 언어』,
일지사, 1974.

_____,「한국에서의 장시의 가능성」,『시에 대하여』, 민음사, 1986.

김종철,「30년대의 시인들」,『문학과지성』, 1975 봄호.

김준환,「스펜더가 김기림의 모더니즘에 끼친 영향 연구」,『현대영
미시연구』12권 1호, 2006. 6.

김지연,「김기림 시 연구―시집 '바다와 나비'를 중심으로」,『성심
어문논집』14 · 15, 1993. 2.

김창완,「김기림의 시세계와 변모양상」,『한남어문학』29집, 2005. 3.

김철수,「『기상도』의 논리―김기림론」,『민성』, 1948. 11.

김태진,「한국 모더니즘의 사상―자기 반성과 새로움의 모색」,『시
와시인』, 1991 겨울호.

김학동,『김기림 연구』, 새문사, 1988.

_____,『김기림연구』, 시문학사, 1991.

_____,「김기림의 시와 산문」,『현대시인연구』II, 새문사, 1995.

_____,『김기림평전』, 새문사, 2001.

김해성,「한국 주지시 발달 과정 소고」,『국어국문학』37 · 38, 1967. 12.

김현정,「임화와 김기림 비평의 대비적 연구」, 대전대 석사학위논문, 1994. 2.

김현주,「'바다'와 '육체'의 모순을 살아가기―김기림의 수필론과 수필 연구」,『경원어문논집』4 · 5, 경원대학교, 2001. 3.

김형주,「한국 초기 모더니즘 시에 나타난 민족의식 양상―정지용과 김기림의 시를 중심으로」, 수원대 석사학위논문, 1992. 2.

김형필,「김기림-모더니즘 수용과 영향」,『한국어문학연구』10, 한국외대 한국어문학연구회, 1999. 12.

나명순,「납북 문인 김기림, 정지용 그들은 과연 누구인가」,『주간조선』, 1987. 8. 30.

나희덕,「김기림의 영화적 글쓰기와 문명의 관상학」,『배달말』38, 2006. 6.

남송우 · 정해룡,「1930년대 한국 문학에 나타난 T. S. 엘리어트의 영향―최재서와 김기림을 중심으로」,『국어국문학』35, 부산대 국어국문학과, 1998. 12.

_____,「1930년대 한국 문학에 나타난 T. S. 엘리어트의 영향」,『비교한국학』6집, 2000. 6.

노 철,「김기림의 모더니즘과 김수영의 모더니티」,『민족문학사연구』16호, 2000. 6.

노창수,「한국 모더니즘 시론의 형성 과정 고찰」,『인문과학연구』12, 조선대, 1990. 12.

단 운,「『바다와 나비』의 세계―김기림 시집을 읽고」,『한성일보』, 1946. 5. 2.

동국대학교 한국문학연구소 엮음,『한국문학과 근대의식―1920~

30년대 문학연구』, 이회문화사, 2001.

류보선, 「1930년대 후반기 한국 문학 비평 연구」, 서울대 박사학위 논문, 1996. 2.

류찬열, 「1930년대 기교주의 논쟁에 관한 연구―김기림 시론과 임화 시론에 나타난 낭만주의 수용과 재평가를 중심으로」, 『어문논집』 28, 중앙어문학회, 2000. 12.

맹문재, 「김기림의 문학에 나타난 여성의식 고찰」, 『여성문학연구』 11호, 2004. 6.

문덕수, 「김기림론」, 『한국 모더니즘 시 연구』, 시문학사, 1981.

_____, 『한국현대시인연구』, 푸른사상사, 2001.

문덕수·마광수, 「1930년대 모더니즘 문학 연구」, 『홍대논총』 11, 홍익대, 1980. 2.

문성숙, 「김기림 연구―1945년 이전의 활동을 중심으로」, 동국대 석사학위논문, 1977. 2.

_____, 「김기림 연구」, 『동악어문논집』 10, 동국대 동악어문학회, 1977. 9.

_____, 「김기림론」, 『김장호 선생 회갑기념논문집』, 1989.

_____, 「김기림의 I. A. 리차즈 시론 수용 양상」, 『심전 김홍식 교수 화갑기념논총』, 1990. 6.

문혜원, 「김기림 문학론 연구」, 서울대 석사학위논문, 1990. 8.

_____, 「김기림의 시론 연구」, 오세영 외, 『한국 현대 시론사』, 모음사, 1992.

_____, 「김기림의 문학에 미친 스펜더의 영향」, 『비교문학』 18집, 1993. 12.

_____, 「1930년대 문학에 나타난 영화적 요소에 관한 고찰」, 『국어국문학』 115, 1995. 12.

_____, 「김기림 시론에 나타나는 인식의 전환과 형태 모색」, 『한국 문학이론과 비평』 23, 2004. 6.

민병기, 「편석촌의 시세계」, 『논문집』 5권 1호, 창원대, 1983. 6.

_____, 「1930년대 모더니즘 시의 심상 체계 연구」, 고려대 박사학 위논문, 1987. 8.

박귀례, 「김기림 시 연구」, 『성신어문학』 2, 1989. 2.

박귀송, 「새 것을 찾는 김기림」, 『신인문학』, 1936. 2.

박기수, 「김기림의 모더니즘 시론 연구」, 한양대 석사학위논문, 1995. 8.

박미령, 「1930년대 시론 연구」, 충남대 박사학위논문, 1987. 8.

박미숙, 「김기림의 「기상도」 연구」, 부산외국어대 석사학위논문, 2002. 2.

박삼옥, 「김기림 시론 연구」, 세종대 석사학위논문, 1997. 8.

박상천, 「김기림의 시론 연구」, 한양대 석사학위논문, 1982. 2.

_____, 「기상도 연구」, 『한국학논집』 6, 한양대 한국학연구소, 1984. 8.

_____, 「김기림의 소설 연구」, 『한국학논집』 8, 한양대 한국학연구 소, 1985. 8.

_____, 『한국근대시의 비평적 성찰』, 한국자료원, 1990.

박순원, 「김기림 시 연구」, 고려대 석사학위논문, 2002. 2.

박승극, 「문예와 정치」, 『동아일보』, 1935. 6. 5.

_____, 「조선 문학의 재건설」, 『신동아』, 1936. 6.

박승희, 「한국시의 미적 근대성 연구―최남선 · 임화 · 김기림을 중 심으로」, 영남대 박사학위논문, 2000. 2.

_____, 「김기림 문학과 인공낙원」, 『문예미학』 7호, 2000. 11.

박영희, 「상반기 단편 소설 총평」, 『신동아』, 1934. 8.

박용철, 「1931년 시단의 회고와 비판」, 『중앙일보』, 1931. 12. 7~8.

_____, 「기상도와 시원 5호―올해 신단 총평」, 『동아일보』, 1935. 12. 28.

박윤우, 「1930년대 시인들의 실증과 해석」, 『민족문학사연구』 2, 1992. 9.

박은미, 「김기림 시의 구조 연구」, 동덕여대 석사학위논문, 1997. 2.

_____, 「정지용과 김기림 시론 대비 연구」, 청주대 석사학위논문, 1998. 8.

박인환, 「『기상도』 전망―김기림 장시집 서평」, 『신세대』, 1949. 1.

박정희, 「김기림 연구」, 건국대 석사학위논문, 1980. 8.

_____, 「1930년대 한국 모더니즘 시 연구―장시 「기상도」를 중심으로」, 『논문집』 13, 한양여전, 1990. 2.

_____, 「김기림 시 연구」, 서울여대 박사학위논문, 1996. 2.

박종철, 「1930년대 한국 모더니즘 시 연구―정지용 · 김기림 · 김광균을 중심으로」, 서남대 석사학위논문, 2002. 2.

박철석, 「1930년대 시의 사적 고찰」, 『한국문학논총』, 한국문학회, 1989. 4.

_____, 「모더니즘의 시」, 『1930년대 시문학 연구』, 백문사, 1990.

박철희, 「김기림의 모더니티」, 『한국 시사 연구』, 일조각, 1980.

_____, 「김기림론(상)」, 『현대문학』 417, 1989. 9.

_____, 「김기림론(완)」, 『현대문학』 418, 1989. 10.

_____, 「김기림론」, 『예술과비평』 18, 1989. 12.

박혜경, 「김기림의 모더니즘 수용양상에 대하여」, 『동악어문논집』 25, 1990. 12.

_____, 「한국시의 모더니즘 수용양상―특히 김기림의 시와 시론에 미친 T. S. Eliot의 영향을 중심으로」, 『인문과학연구논총』 19, 명지대 인문과학연구소, 1999. 5.

박혜숙, 「1930년대 한국 모더니즘 시 교육에 관한 연구―김기림의 '기상도'를 중심으로」, 아주대 석사학위논문, 2000. 8.

방민호, 「해방 공간에서 사라진 김기림 시」, 『서정시학』 25호, 2005 봄호.

_____, 「김기림 비평의 문명비평론적 성격에 관한 고찰」, 『우리말글』 34집, 2005. 8.

배호남, 「김기림의 『시론』 연구」, 『한국시학연구』 16, 2006. 8.

백 철, 「사악한 예원의 분위기」, 『동아일보』, 1933. 9. 29~10. 1.

백운복, 「한국 현대 시론의 역사적 연구―리얼리즘과 모더니즘의 상관적 연쇄망」, 서강대 박사학위논문, 1989. 8.

_____, 「1930년대 한국 이미지즘과 주지적 문학론 연구」, 『인문과학논문집』 4, 서원대 인문과학연구소, 1995. 2.

서안나, 「김기림 시에 나타난 근대 도시 이미지」, 『한국문학평론』, 2005 상반기호.

서준섭, 「1930년대 한국 모더니즘 연구」, 서울대 석사학위논문, 1977. 8.

_____, 「한국 현대 문학 비평사에 있어서의 시비평 이론의 체계화 작업의 한 양상」, 『비교문학』 5, 한국비교문학회, 1980. 12.

_____, 「30년대 모더니즘 시 연구의 현황과 문제점」, 『한국학보』 50, 일지사, 1982 겨울호.

_____, 「모더니즘과 1930년대의 서울」, 『한국학보』 45, 일지사, 1986 겨울호.

_____, 「1930년대 한국 모더니즘 문학 연구」, 서울대 박사학위논문, 1988. 8.

_____, 「모더니즘의 반성과 재출발」, 『한양어문연구』 13집, 1995. 12.

_____, 「한국 근대시인과 탈식민주의적 글쓰기―한용운 · 임화 · 김기림 · 백석」, 『한국시학연구』 13, 2005. 8.

서지라, 「김기림의 시론연구」, 대구가톨릭대 석사학위논문, 2001. 2.

선효원, 「한국 주지주의 시의 비교 문학적 연구―김기림의 『기상도』를 중심으로」, 동아대 석사학위논문, 1987. 8.

선효원, 「김기림 시론 연구」, 『동남어문논집』 9, 동남어문학회, 1999. 12.

성행자, 「한국시의 모더니즘에 관한 고찰―김기림 · 정지용 · 김광균을 중심으로」, 『국어과교육』 3, 부산교대 국어교육과, 1973. 2.

손채모, 「김기림 시에 나타난 바다 이미지 고찰」, 조선대 석사학위논문, 1992. 2.

송 욱, 「한국 모더니즘 비판」, 『시학평전』, 일조각, 1963.

송순애, 「이미지즘의 한국적 수용양상에 관한 연구―김기림의 시와 시론을 중심으로」, 서강대 석사학위논문, 1984. 2.

신고송, 「문단유감」, 『조선중앙일보』, 1935. 11. 16~17.

신기훈, 「해방기 김기림 시 연구」, 『문학과언어』 21집, 문학과언어학회, 1999. 5.

신동욱, 「김기림 시작품의 한 이해」, 이선영 엮음, 『1930년대 민족문학의 인식』, 한길사, 1990.

_____, 「미적 거리의 원근법에 의한 김기림의 시작품의 이해」, 『현대시』, 1990. 4.

신명석, 「한국 모더니즘 시의 변천 과정」, 『논문집』 4, 성심외국어전문대학, 1986. 12.

신범순, 「30년대 모더니즘에서의 산책가의 꿈과 재현의 붕괴」, 『한국 현대시사의 매듭과 혼』, 민지사, 1992.

_____, 「김기림의 근대성 추구에 있어서 작은 자아, 군중, 그리고

가슴의 의미」, 『모더니즘 연구』, 자유세계, 1993.

_____, 「신문매체와 백화점의 시학―김기림」, 『시와사상』, 2002 겨울호.

_____, 「종이와 거리의 書板―김기림과 이상의 현대적 시학」, 『시인세계』, 2003 봄호.

신재기, 「김기림 문학비평의 근대성 연구」, 『어문학』60, 1997. 2.

안상준, 「한국 모더니즘 운동의 구호와 그 실제적 좌표―김기림의 해방전 활동을 중심으로」, 『국어교육논총』1, 제주대 교육대학원, 1984. 8.

양왕용, 「1930년대 한국시의 연구」, 『어문학』26, 한국어문학회, 1972. 3.

양혜경, 「김기림 문학의 효용론 연구―시론을 중심으로」, 『동아어문논집』1, 동아어문학회, 1991. 11.

엄성원, 「1930년대 한국 모더니즘 시에 나타난 시간의식 연구―김기림·이상·정지용의 시를 대상으로」, 서강대 석사학위논문, 1996. 8.

_____, 「한국 모더니즘 시의 근대성과 비유 연구―김기림·이상·김수영·조항의 시를 중심으로」, 서강대 박사학위논문, 2002. 2.

_____, 「김기림 시와 시론의 근대성 연구」, 『한국문학이론과 비평』23, 2004. 6.

엄흥섭, 「을해년의 창작 결산」, 『조선일보』, 1935. 12. 11.

연용순, 「김기림 시 연구―『태양의 풍속』을 중심으로」, 중앙대 박사학위논문, 1995. 2.

염 철, 「김기림과 박용철 시론의 대비 연구―주체 인식 양상을 중심으로」, 중앙대 박사학위논문, 2004. 2.

예종숙, 「김기림 연구」, 한양대 박사학위논문, 1987. 8.

_____, 「김기림의 초기시」, 『논문집』 17, 영남공업전문대, 1989. 2.

_____, 「김기림의 후기시」, 『논문집』 21, 영남전문대, 1992. 12.

_____, 「김기림의 시론」, 『논문집』 22, 영남전문대, 1993. 12.

오문석, 「김기림 시론에 있어서 과학주의와 근대의 문제—그의 '시론'을 중심으로」, 『문학과의식』 32·33, 1996. 6.

오세영, 「모더니스트, 비극적 상황의 주인공들」, 『문학사상』, 1975. 1.

_____, 「모더니즘, 그 발상과 영향」, 『월간문학』, 1975. 2.

_____, 「한국 모더니즘 시의 전개와 그 특질」, 『예술원논문집』 25, 대한민국예술원, 1986.

_____, 「한국 모더니즘의 존재성」, 『예술비평』, 1989 봄호.

_____, 「김기림의 '과학으로서의 시학'」, 『한민족어문학』 41집, 2002. 12.

_____, 『한국현대시인연구』, 월인, 2003.

오완석, 「김기림 연구」, 한양대 석사학위논문, 1983. 8.

오탁번, 「현대시 방법과 발견의 전개」, 『문학사상』, 1975. 1.

오형엽, 「1930년대 시론의 구조적 연구—김기림·임화·박용철을 중심으로」, 고려대 박사학위논문, 1999. 2.

_____, 「김기림 초기 시론 연구」, 『어문논집』 39집, 안암어문학회, 1999. 2.

_____, 「김기림 시론에 나타난 근대성과 과학성」, 『어문학』 67, 1999. 6.

_____, 「시적 대상과 자아의 일체화, 혹은 공간화—김기림과 정지용의 '유리창' 비교 분석」, 『한국문학논총』 24집, 1999. 6.

_____, 「1930년대 모더니즘의 시사적 의미—김기림의 시론과 이상의 시를 중심으로」, 『논문집』 21, 수원대학교, 2003. 12.

원명수, 「한국 모더니즘 시에 나타난 소외의식과 불안의식 연구」,

중앙대 박사학위논문, 1985. 2.

_____, 『모더니즘시 연구』, 계명대학교출판부, 1987.

원형갑, 「살아 있는 김기림―그 갈등과 숙제」, 『월간문학』 232,
1988. 6.

_____, 「모더니즘 핵심과 포스트 모던의 가능성」, 『돌곶 김상선 교
수 화갑 기념 논총』, 1990. 11.

유병석, 「절창에 가까운 시인의 집단」, 『문학사상』, 1975. 1.

_____, 「30년대 모더니즘의 특질」, 『국어교육』 26, 국어교육연구
회, 1975. 6.

유성호, 「김기림 비평의 현재성」, 『문학수첩』 10호, 2005 여름호.

유수연, 「김기림 시의 바다 이미지 연구」, 숙명여대 석사학위논문,
1998. 2.

유임하, 「1920~30년대 시에 나타난 근대 문명 인식」, 『한국문학연
구』 14, 동국대 한국문화연구소, 1992. 2.

유종호, 「어느 근대의 초상―김기림 1」, 『문학인』 5호, 2003 여름호.

유태수, 「한국에 있어서의 주지주의 문학의 양상―시를 중심으로」,
『강원인문논총』 1, 강원대 인문과학연구소, 1990. 12.

윤곤강, 「1933년도 시작 6편에 대하야」, 『조선일보』, 1933. 12.
17~24.

_____, 「기교파의 말류―주지시가의 이론적 근거」, 『비판』 35,
1936. 4.

윤광중, 「김기림 시 연구」, 동아대 석사학위논문, 1987. 2.

윤여탁, 「한 모더니스트의 변모와 그 의미―김기림론」, 『기전어문
학』 10 · 11, 수원대 국어국문학회, 1996. 11.

_____, 『김기림 문학비평』, 푸른사상, 2002.

_____, 「역사적 · 사회적 실천으로서의 시론―김기림 문학론의 선

택」,『선청어문』 30, 2002. 9.

윤영춘, 「김기림 저『바다와 육체』―신간평」,『경향신문』, 1949. 5. 30.

윤태성, 「1930년대 김기림 시에 나타난 근대성 연구」, 명지대 석사학위논문, 1997. 2.

이 활, 「PRO-TYPE 선택의 실패―근대의 초극에 나섰다가 길잃은 기림 선생」,『현대시』, 1990. 4.

_____,『정지용·김기림의 세계-역사의 물살에 흘러간 비극의 문학』, 명문당, 1991.

이경란, 「김기림시의 상상력 연구」, 이화여대 석사학위논문, 1992. 2.

이경영, 「김기림의 시에 나타난 '바다'의 상징성 연구」, 성균관대 석사학위논문, 1989. 2.

이광호,『미적 근대성과 한국문학사』, 민음사, 2001.

이국재, 「김기림의 장시「기상도」의 텍스트 언어학적 연구」, 공주대 석사학위논문, 1999. 2.

_____, 「김기림의 장시「기상도」의 텍스트 언어학적 연구」,『대전어문학』 18, 2001. 2.

이근화, 「김기림 시의 언어와 근대성」,『국어국문학』 141, 2005. 12.

이기수, 「김기림 연구―광복 전의 시와 시론을 중심으로」, 명지대 석사학위논문, 1999. 8.

이기철, 「1930년대 전반기 시론의 주류」,『국어국문학연구』 21집, 1993. 12.

이기형, 「한국 모더니즘 시론 연구」, 인하대 석사학위논문, 1985. 2.

_____, 「1930년대 한국 모더니즘 시 연구」, 인하대 박사학위논문, 1994. 8.

이남수, 「문학 이론의 빈곤성―백철·김기림 양씨의 문학개론에 대하여」,『신천지』34, 1949. 9.

이동순,「삼십년대 한국시의 서구수용에 관한 연구: 편석촌 김기림
　　의 시론을 중심으로」, 경북대 석사학위논문, 1975. 2.

＿＿＿,「문화의 민주화 문체의 대중화―김기림의 시세계」,『문학
　　사상』183, 1988. 1.

＿＿＿,「김기림 시의 새로운 독법」,『인문학지』3, 충북대 인문과학
　　연구소, 1988. 3.

이두혜,「김기림 다시 읽기 1」,『비평문학』12, 1998. 7.

이명희,「'구인회' 작가들의 여성의식―김기림·박태원·이태준을
　　중심으로」,『어문논집』6, 1996. 12.

＿＿＿,「김기림의 기상도 연구」, 홍익대 석사학위논문, 1997. 8.

이미경,「김기림 모더니즘 문학 연구―근대성의 의미변화를 중심
　　으로」, 서울대 석사학위논문, 1988. 8.

이미순,「김기림의『문장론신강』에 대한 수사학적 연구」,『한국현대
　　문학연구』20, 2006. 12.

이민호,「김기림의 역사성과 텍스트의 근대성―시집『태양의 풍속』
　　과『기상도』를 중심으로」,『한국문학이론과 비평』23, 2004. 6.

이병각,「『태양의 풍속』―김기림 시집」,『문장』, 1939. 12.

이병헌,「한국 현대비평의 유형과 그 문체에 관한 연구―1930년대
　　의 비평을 중심으로」, 고려대 석사학위논문, 1996. 2.

이봉래,「한국의 모던이즘」,『현대문학』, 1956. 4~5.

이삼현,「김기림의 시론 연구」, 서강대 석사학위논문, 1995. 2.

이상로,「운성의 무덤 위의 김기림―월북작가의 문학적 재판」,『동
　　아춘추』2권 3호, 1963. 4.

이선희,「김기림의 시론연구」, 동아대 석사학위논문, 1984. 2.

이숭원,「김기림 시 연구」,『국어국문학』104, 1990. 12.

_____, 「김기림 시의 실상과 허상」, 『현대시와 삶의 지평』, 시와시
학사, 1993.

이승철, 「김기림 문학의 모더니즘 연구」, 『인문과학논집』 18, 청주
대 인문과학연구소, 1998. 2.

이승훈, 「모더니티와 기교―우리 시론을 찾아서」, 『현대시』, 1990.
12.

이용훈, 「김기림 시와 바다」, 『해양문화연구』 제1호, 1996. 2.

이우용, 「김기림의 시론연구」, 『논문집』 28, 건국대 교육연구소,
1989. 2.

이원조, 「근대 시단의 한 경향―특히 낭만파와 감각파에 대하야」,
『조선일보』, 1933. 4. 26~29.

_____, 「김기림 제2시집 『태양의 풍속』」, 『조선일보』, 1939. 12.
11.

_____, 「시의 고향―편석촌에게 부치는 단언」, 『문장』, 1941. 4.

이인호, 「1930년대 모더니즘 시에 나타난 '바다' 이미지 연구―정
지용과 김기림의 시세계를 중심으로」, 강릉대 석사학위논문,
1998. 2.

이장렬, 「한국 근대시에 나타난 도시공간 연구―김기림과 임화를
중심으로」, 경남대 박사학위논문, 1996. 2.

이재선, 「문장론 성립에 있어서의 서구의 영향 1―김기림과 I. A.
Richards의 관계를 중심으로」, 『어문학』 17, 1967. 12.

_____, 「한국 현대시와 T. E. 흄」, 『한국 문학의 분석』, 새문사, 1981.

이재철, 「모더니즘시론 소고」, 『국어국문학』 72 · 73호, 1976. 9.

이지나, 「김기림 모더니즘 문학 연구」, 서울여대 석사학위논문,
1997. 8.

_____, 「김기림 모더니즘 문학에 있어서 도시 체험과 근대성의 인

식」, 『태릉어문연구』 8, 1999. 7.

이창배, 「영미 현대시론이 한국 현대시론에 미친 영향」, 『이호근·조용만 교수 회갑기념논문집』, 1969.

_____, 「현대 영미시가 한국의 현대시에 미친 영향」, 동국대 박사학위논문, 1974. 8.

_____, 「현대 영미시가 한국의 현대시에 미친 영향」, 『한국문학연구』 3, 동국대 한국문화연구소, 1981. 2.

이창준, 「20세기 영미 시비평이 한국 현대시에 끼친 영향」, 『단국대 논문집』 7, 1973. 8.

이춘전, 「김기림 시집 『바다와 나비』의 연구」, 홍익대 석사학위논문, 1993. 8.

이혜영, 「김기림 시의 모더니즘적 특성 연구」, 영남대 석사학위논문, 2000. 2.

이혜원, 「근대성의 지표와 과학적 시학의 실험—김기림의 시와 시론」, 『상허학보』 3집, 2000. 9.

이희경, 「1930년대 모더니즘시에 나타난 '바다' 이미지 연구—정지용과 김기림 시를 중심으로」, 아주대 석사학위논문, 1999. 8.

임 화, 「33년을 통하여 본 현대 조선의 시문학」, 『조선중앙일보』, 1934. 1. 9.

_____, 「담천하의 시단 일년」, 『신동아』, 1935. 12.

_____, 「기교파와 조선 시단」, 『중앙』 28, 1936. 2.

_____, 「김기림시집 『바다와 나비』」, 『현대일보』, 1946. 6. 6.

임경미, 「김기림 시 연구」, 가톨릭대 박사학위논문, 2004. 2.

임영선, 「김기림 문학에 나타난 도시체험 연구」, 건국대 석사학위논문, 2004. 2.

임용택, 「한일 모더니즘시의 비교문학적 일고찰」, 『일어일문학연구』29집, 한국일어일문학회, 1996. 12.

임인식, 「1933년의 조선 문학의 제 경향과 전망」, 『조선일보』, 1934.
1. 1~14.

_____, 「신춘 창작 개평」, 『조선일보』, 1934. 2. 21.

임호권, 「김기림 장시 『기상도』를 읽고」, 『자유신문』, 1948. 11. 16.

장도준, 「김기림 연구」, 연세대 석사학위논문, 1984. 8.

_____, 「서구 모더니즘과 우리 시의 모더니즘적 전개」, 『인문과학
연구』1, 대구가톨릭대 인문과학연구소, 1998. 2.

_____, 「한국 현대시 텍스트의 시적 주체 분열에 대한 연구」, 『배달
말』31, 2002. 12.

장백일, 「한국적 모더니즘 시 연구―김기림 시세계의 내용 비판」,
『북안』25, 국민대 국어국문학과, 1974. 2.

_____, 「한국 모더니즘 시운동에 대하여」, 『시문학』, 1974. 11.

장승엽, 「한국 모더니즘 시의 기본 패턴 시론―특히 김기림 · 정지
용 · 김광균 · 박인환을 중심으로」, 『국어국문학』5, 동아대 국
어국문학과, 1982. 12.

장윤익, 「1930년대 한국 모더니즘 시 연구」, 경북대 석사학위논문,
1969. 2.

_____, 「한국 주지시의 문명비평적 성격」, 『명지어문학』9호, 1977. 2.

장은아, 「모더니즘 시 교육론―김기림 『기상도』에 나타난 표현기법
을 중심으로」, 동국대 석사학위논문, 1991. 2.

장인수, 「근대 보편과 식민지 현실의 간극―김기림 모더니즘론의
문학사적 의의와 그 한계」, 『반교어문연구』15, 2003. 8.

전규태, 「한국 모더니즘의 수용 양상고」, 『비교문학―그 국문학적
연구』, 이우, 1981.

_____, 「1930년대 한국 모더니즘 시 연구―김기림 · 이상 · 정지

용·김광균을 중심으로」, 『시와의식』, 1988 가을호.

전기철, 『한국분단문학비평자료집』 1, 한국예술사, 2000.

전미향, 「김기림 시에 나타난 '바다' 이미지 연구」, 순천대 석사학위
　　　논문, 2004. 2.

전용호, 「김기림 시학 연구」, 『한국예술종합학교논문집』 4집, 2001.
　　　12.

_____, 「김기림과 최재서의 문학이론 대비 연구―『시의 이해』와
　　　『문학원론』을 중심으로」, 고려대 박사학위논문, 2003. 8.

전일숙, 「김기림 시론 연구」, 전남대 석사학위논문, 1989. 2.

전정구, 「김기림 시에 나타난 근대성」, 『한국문학논총』 24집, 1999. 6.

정경해, 「김기림 시에 나타난 이미지 연구」, 중앙대 석사학위논문,
　　　2003. 8.

정규웅, 「북행 시인 정지용과 김기림」, 『정경문화』 220, 1983. 6.

정명호, 「김기림의 전체시론」, 『한국문예비평연구』 7집, 2000. 12.

_____, 「속물적 세계의 확장과 예술적 응전」, 『새국어교육』 64호,
　　　2002. 9.

정보암, 「김기림의 희곡 연구」, 『경상어문』 4, 경상어문학회, 1998.
　　　12.

_____, 「김기림의 문학 갈래 넘나듦 연구」, 경상대 박사학위논문,
　　　1999. 2.

정상균, 「한국 모더니즘 시 이론 비판」, 『국어교육』 35호, 1979. 12.

정순진, 「김기림의 『기상도』 연구」, 『어문연구』 18집, 어문연구회,
　　　1988. 12.

_____, 「모더니즘 시론과 리얼리즘 시론의 접맥―기교주의 논쟁을
　　　중심으로」, 『어문학연구』, 충남대 어문학연구회, 1989. 12.

_____, 「김기림 문학연구」, 충남대 박사학위논문, 1990. 2.

_____, 『김기림문학연구』, 국학자료원, 1992.

_____ 엮음, 『김기림』, 새미, 1999.

정영호, 「김기림 시론과 조지훈 시론의 대비적 고찰」, 『어문학교육』 9집, 한국어문교육학회, 1986. 12.

정용순, 「김기림 시론의 해석학적 고찰」, 『어문논집』 22, 1992.

_____, 『국문학연구자료비교논저』 31, 거산, 2003.

정정숙, 「김기림 연구」, 『한성어문학』 10, 한성대 국어국문학과, 1991. 5.

정한모, 「순수 문학과 모더니즘」, 『현대시론』, 보성문화사, 1982.

정한용, 「김기림의 시 연구」, 인하대 석사학위논문, 1990. 2.

정희모, 『한국 근대 비평의 담론』, 새미, 2001.

조남철, 「김기림 연구」, 연세대 석사학위논문, 1981. 2.

조달곤, 「김기림의 소설」, 『용언어문논집』 5, 1991.

_____, 「김기림 연구」, 동아대 박사학위논문, 1992. 2.

_____, 「1930년대 후반기 문학사 재론—시의 전개양상을 중심으로」, 『논문집』 17, 경성대학교, 1996. 2.

_____, 『의장된 예술주의』, 경성대학교출판부, 1998.

_____, 『한국 모더니즘 시학의 지형도』, 새미, 2006.

조동민, 「한국적 모더니즘의 계보를 위한 연구」, 『문호』 4, 건국대 국어국문학회, 1966. 5.

조무하, 「한국시의 모더니즘 운동」, 『한국어문학연구』 12, 1972.

조병춘, 「한국 모더니즘의 시론」, 『태능어문』 1, 1981. 7.

_____, 「모더니즘 시의 기수들」, 『태능어문』 4, 1987. 2.

_____, 「김기림의 시 연구」, 『새국어교육』 60호, 2000. 8.

조상기, 「영미 모더니즘 수용의 초기적 양상—김기림의 시와 시론을 중심으로」, 『인문과학연구』 4, 동덕여대 인문과학연구소,

1998. 2.

조영복, 「김기림 수필에 나타난 일상성」, 『외국문학』 43, 1995. 5.

_____, 「1930년대 문학에 나타난 근대성의 담론 연구—김기림·
이상을 중심으로」, 서울대 박사학위논문, 1996. 2.

_____, 「김기림의 30년대와 90년대 시의 일상성」, 『시와사상』,
2003 봄호.

_____, 「김기림의 언론활동과 초기 글들의 성격」, 『한국시학연구』
11, 2004. 11.

_____, 「김기림의 연구의 한 방향—언론 활동과 지식인적 세계관
과 관련하여」, 『우리말글』 33집, 2005. 4.

_____, 「김기림의 예언자적 인식과 침묵의 수사」, 『한국시학연구』
15, 2006. 4.

조용만, 「구인회의 기억」, 『현대문학』, 1957. 1.

_____, 「나와 구인회 시대」, 『대한일보』, 1969. 9. 23~10. 2.

_____, 『9인회 만들 무렵』, 정음사, 1984.

조용훈, 『시가 그렇게 왔다—시와 시인』, 새문사, 2002.

조운호, 「김기림 시론의 변모양상 연구」, 단국대 석사학위논문,
2001. 8.

조장환, 「김기림론—포오즈의 시학 그 지향과 한계」, 현대시,
1990. 4.

조해옥, 「도시공간과 빈민의 시」, 『한국문학이론과 비평』 23, 2004. 6.

좌지수, 「김기림 시론 연구—서구 수용을 중심으로」, 제주대 석사
학위논문, 1991. 2.

주영중, 「1930년대 후반기 시론의 의미—임화와 김기림의 시론을
중심으로」, 『한성어문학』 22집, 2003. 8.

지언호, 「김기림 시론 연구—역사 철학적 근대성과 미적 근대성의

　　역학관계를 중심으로」, 성균관대 석사학위논문, 2003. 2.

진순애, 「1930년대 모더니즘 문학론 연구―김기림·최재서의 문학
　　론을 중심으로」, 『한국시학연구』 1, 1998. 11.

_____, 『한국 현대시와 정체성』, 국학자료원, 2001.

진영복, 「반파시즘 운동과 모더니즘―김기림의 모더니즘관을 중심
　　으로」, 『상허학보』 3집, 2000. 9.

차호일, 「김기림의 모더니즘 시론 연구」, 『새국어교육』 63호, 2002.
　　1.

채만묵, 「한국 모더니즘 시 연구―1930년대를 중심으로」, 전북대
　　박사학위논문, 1981. 2.

_____, 『1930년대 한국 시문학 연구』, 한국문화사, 2000.

채상우, 「혼돈과 환멸 그리고 적요―김기림과 이상, 정지용 읽기의
　　한 맥락」, 『한국문학평론』 25호, 2003 여름호.

채수영, 「김기림 시의 특질―바다를 중심으로」, 『동양문학』 5, 1988.
　　11.

최병준, 「30년대 한국 현대시」, 『논문집』 20, 강남대, 1990. 12.

최시한, 「김기림의 희곡과 소설에 대하여」, 『배달말』 13, 1988. 12.

최원규, 「한국 현대시에 대한 미(영)시의 영향」, 『한국현대시론고』,
　　예문관, 1985.

최재서, 「현대시의 생리와 성격」, 『조선일보』, 1936. 8. 21~27.

_____, 「여행의 낭만―김기림 시집 『태양의 풍속』」, 『매일신보』,
　　1939. 11. 5.

최정숙, 「1930년대의 모더니스트 김기림」, 『통일』 113-5, 민족통일
　　중앙협의회, 1991. 2~4.

최하림, 「30년대의 시인들(5)―김기림의 시를 중심으로」, 『문예중
　　앙』, 1984. 6.

최학출, 「1930년대 한국 모더니즘시의 근대성과 주체의 욕망체계에 대한 연구―김기림·백석·이상의 시를 중심으로」, 서강대 박사학위논문, 1995. 2.

하태욱, 「김기림 시론의 전개 양상 연구」, 연세대 석사학위논문, 1996. 8.

하현식, 「1930년대 구원과 희망의 시학―기독교문학론(3)」, 『시와 의식』, 1991 가을호.

_____, 「1930년대 모더니즘 시에 있어서의 문명 비판」, 『국어국문학』114, 1995. 5.

한계전, 「모더니즘 시론의 수용」, 『한국현대시론연구』, 일지사, 1983.

한민성, 『(추적)김기림』, 갑자문화사, 1987.

한상규, 「1930년대 모더니즘 문학에 나타난 미적 자의식에 관한 연구―이상·김기림을 중심으로」, 서울대 석사학위논문, 1989. 2.

_____, 「예술적 자각과 그 미학적 지반―한국 모더니즘 문학의 경우」, 『한국학보』64, 1991 가을호.

_____, 「김기림 문학론과 근대성의 기획―「모더니즘의 역사적 위치」를 중심으로」, 『한국학보』76, 1994. 9.

_____, 「1930년대 모더니즘 문학의 미적 자율성 연구」, 서울대 박사학위논문, 1998. 8.

한영옥, 「한국 현대시의 주지성 연구―20, 30년대를 중심으로」, 성균관대 박사학위논문, 1991. 8.

한원균, 「김기림 비평의 일고찰―시론의 인식론적 근거를 중심으로」, 『경희어문학』11집, 1990. 9.

한종수, 「김기림 초기 시에 나타난 현실 인식 연구」, 『한국언어문학』45집, 2000. 12.

허윤회, 「김기림 시 연구―유기체적 전체성을 중심으로」, 성균관대 석사학위논문, 1993. 2.

허형만, 「김기림 연구―해방후 시작품을 중심으로」, 『한국문학이론 과 비평』 25, 2004. 12.

현철종, 「김기림 시론의 서구 지향성에 관한 연구」, 제주대 석사학 위논문, 1998. 2.

홍경표, 「지형적 변동과 모더니즘 정신」, 『어문학』 62, 1998. 2.

홍기돈, 「식민지시대 김기림의 의식 변모 양상―구모룡의 「식민성 근대주의의 한 양상」 비판 」, 『어문연구』 48, 2005. 8.

_____, 『근대를 넘어서려는 모험들』, 소명출판, 2007.

홍성암, 「김기림 연구」, 『한국학논집』 23, 1993. 8.

홍정운, 「한국의 모더니즘 시 연구」, 『동악어문논집』 10, 동국대 동 악어문학회, 1977. 9.

홍효민, 「1934년과 조선 문단」, 『동아일보』, 1934. 1. 1~10.

_____, 「김기림론」, 『예술평론』, 1948. 1.

이숭원李崇源 1955년 서울에서 태어나 서울대학교 국어교육과를 졸업하고 같은 학교 대학원에서 박사학위를 받았다. 현재 서울여자대학교 국어국문학과 교수로 재직 중이다. 저서에『서정시의 힘과 아름다움』(1997),『정지용 시의 심층적 탐구』(1999),『초록의 시학을 위하여』(2000),『폐허 속의 축복』(2004),『감성의 파문』(2006),『백석 시의 심층적 탐구』(2006),『세속의 성전』(2007) 등이 있으며『원본 정지용 시집』(2003)과『원본 백석 시집』(2006)의 주해를 달았다.